BIBLIOTHEQUE

PORTATIVE.

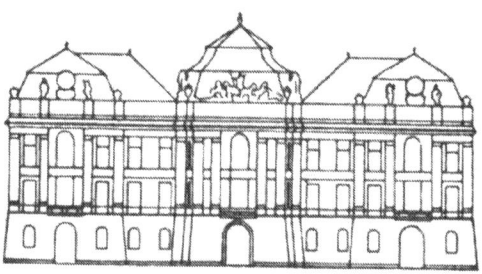

3. Mm. 25.

BIBLIOTHEQUE

PORTATIVE.

Le Flegmatique.

LES

CARACTERES

DE

LA BRUYERE.

TOME QUATRIEME.

****

A VIENNE,

DE L'IMPRIMERIE DE SCHRAEMBL

MDCCCXII.

AVERTISSEMENT

DE L'EDITEUR.

Depuis la traduction des caractères de Théophraste par La Bruyère, cet ouvrage a reçu des additions importantes; et d'excellents critiques en ont éclairci beaucoup de passages difficiles.

En 1712, Needham publia les leçons de Duport sur treize de ces caractères. En 1763, Fischer résuma dans une édition critique presque tout ce qui avoit été fait pour cet ouvrage, et y ajouta des recherches nouvelles. En 1786, M. Amaduzzi publia deux nouveaux caractères, que Prosper Petronius avoit découverts, et qui se trouvent, à la suite des anciens, dans un manuscrit de la bibliothèque palatine du Vatican. En 1790, le citoyen Belin de Ballu traduisit ces deux caractères en françois et les joignit à une édition de La Bruyère, dans laquelle il ajouta quelques notes critiques à celles dont

Coste avoit accompagné la traduction de
Théophraste dans les éditions précédentes.

En 1798, M. Goetz publia les quinze
derniers caractères avec des additions considérables sur les papiers de M. Siebenkees,
qui avoit tiré cette copie plus complète du
même manuscrit où l'on avoit trouvé les
deux derniers chapitres, mais qui malheu-
reusement ne contient pas les quinze premiers.

En 1799, an VII, le citoyen Coray donna une édition grecque et françoise de l'ouvrage entier, qu'il eclaircit par une traduction nouvelle, et par des notes aussi intéressantes pour la critique du texte que pour
la connoissance des moeurs de l'antiquité.
Ce savant helléniste, presque compatriote
du philosophe qu'il interprète, a même expliqué quelquefois très-heureusement, par
des usages de la Grèce moderne, des particularités de ceux de la Grèce ancienne.
En dernier lieu, M Schneider, l'un des
plus savants philologues d'Allemagne, a
publié une édition critique de ces caractères, en les classant dans un nouvel ordre
et en y faisant beaucoup de corrections.
Son travail jette une lumière nouvelle sur
plusieurs passages obscurs de l'ancien texte
et des additions, que cet éditeur défend
contre les doutes qu'on avoit élevés sur
leur authenticité. Il prouve par plusieurs

circonstances, auxquelles on n'avoit pas fait
attention avant lui, et par l'existence même
d'une copie plus complète que les autres,
que nous ne possédons que des extraits de
cet ouvrage. Je traiterai avec plus de détails de cette hypothèse très-probable, dans
la note 1 du chapitre XVI.

Les importantes améliorations du texte,
les versions nouvelles de beaucoup de passages, et les éclaircissements intéressants
sur les moeurs, fournis par ces savants,
rendroient la traduction de Là Bruyère peu
digne d'être remise sous les yeux du public, si tout ce qui est sorti de la plume
d'un écrivain si distingué n'avoit pas un
intérét particulier, et si l'on n'avoit pas
cherché à suppleer ce qui lui manque.

C'est là le principal objet des notes que
j'ai ajoutées à celles de ce traducteur, et
par lesquelles j'ai remplacé les notes de
Coste, qui n'éclaircissent presque jamais
les questions qu'on y discute. Et les p
puisées en grande partie dans les différentes sources que je viens d'indiquer, ainsi
que dans le commentaire de Casaubon et
dans les observations de plusieurs autres
savants qui se sont occupés de cet ouvrage.
J'ai fait usage aussi de l'élégante traduction
du citoyen Levesque, qui a paru en 1782
dans la collection des Moralistes anciens;
des passages imités ou traduits par M. Bar

thelemy dans son Voyage du jeune Anacharsis ; et de la traduction allemande
commencée par M. Hottinger de Zurich,
dont je regrette de ne pas avoir pu attendre la publication complète, ainsi que celle
des papiers de Fonteyn qui se trouvent entre les mains de l'illustre helléniste Wyt-
tenbach.

J'avois espéré que les onze manuscrits
de la bibliothèque nationale me fourni-
roient les moyens d'expliquer ou de corriger quelques passages que les notes de tant
de savans commentateurs n'ont pas encore
suffisamment éclaircis. Mais excepté la con-
firmation de quelques corrections déjà proposées et la découverte de quelques scolies
peu importantes, l'examen que j'en ai fait
n'a servi qu'à m'apprendre qu'aucune de
ces copies ne contient plus que les quinze
premiers chapitres de l'ouvrage, et qu'ils
s'y trouvent avec toutes leurs difficultés et
leurs lacunes.

J'ai observé que, dans les trois plus anciens de ces manuscrits, ces caractères se
trouvent immédiatement après un morceau
inedit de Syrianus sur l'ouvrage d'Hermogene *de Formis Orationis*. On sait que la
seconde partie de cet ouvrage traite de la
manière dont on doit peindre les moeurs
et les caractères, et qu'elle contient beaucoup d'exemples tirés des meilleurs auteurs

de l'antiquité, mais qui ne sont ordinairement que des fragments très-courts et sans
liaison. A la fin du commentaire assez obscur dont je viens de parler, et que le savant et célèbre conservateur des manuscrits
grecs de la bibliothèque nationale, le citoyen la Porte du Theil, a eu la bonté
d'examiner avec moi, l'auteur paroît annoncer qu'il va donner des exemples plus
étendus que ceux d'Hermogene, en publiant
à la suite de ce morceau les caractères entiers qui sont venus à sa connoissance.
Cet indice sur la manière dont cette partie de l'ouvrage nous a été transmise explique pourquoi on la trouve si souvent,
dans les manuscrits, sans la suite, et toujours avec les mêmes imperfections.

Etant ainsi frustré de l'espoir d'expliquer ou de restituer les passages difficiles
ou altérés, par le secours des manuscrits,
j'ai tâché de les éclaircir par de nouvelles
recherches sur la langue et sur la philosophie de Théophraste, sur l'histoire et sur
les antiquités.

J'ose dire que ces recherches m'ont mis
à même de lever une assez grande partie
des difficultés qu'on trouvoit dans cet ouvrage, et de m'apercevoir que plusieurs
passages qu'on croyoit suffisamment enten-
dus admettent une explication plus précise

que celle dont on s'étoit contenté jusqu'à
présent.

Outre les matériaux rassemblés par les
commentateurs plus anciens et par moi-
même, le citoyen Visconti, dont l'érudition, la sagacité, et la précision critique
qu'il a su porter dans la science des antiquités, sont si connues et si distinguées,
a eu la bonté de me fournir quelques notes précieuses sur les passages parallèles
et su les monuments qui peuvent éclaircir
des traits de ces caractères.

Pour mieux faire connoître le mérite et
l'esprit particulier de l'ouvrage de Théophraste, j'ai joint aux caractères tracés par
lui quelques autres morceaux du même genre, tirés d'auteurs anciens ; et j'ai fait pré-
céder le discours de La Bruyère sur ce
philosophe d'un aperçu de l'histoire de la
morale en Grèce avant lui.

Il eût été assez intéressant de continuer
cette collection de caractères antiques par
des traits recueillis dans les orateurs, les
historiens et les poètes comiques et satiri-
ques d'Athènes et de Rome, et rassemblés
en différents tableaux, de manière à former une peinture complète des mœurs de
ces villes. Il seroit utile aussi de comparer en détail les caractères tracés par ces
auteurs aux différentes époques de la ci-

vilisation, sous le double rapport des progrès des moeurs et de ceux de l'art de les peindre. Mais l'objet et la nature de cette édition m'ont prescrit des bornes plus étroites.

Je regrette que l'éloignement ne m'ait pas permis de soumettre à mon père ce premier essai dans une carrière dans laquelle il m'a introduit et où je cherche à marcher sur ses traces. Mais j'ai eu le bonheur de pouvoir communiquer mon travail à plusieurs savants et littérateurs du premier ordre, et sur tout aux citoyens d'Ansse de Villoison, Visconti et Suard, qui ont bien voulu m'aider de leurs conseils et m'honorer de leurs encouragements.

APERÇU

DE L'HISTOIRE DE LA MORALE, EN GRÈCE,

AVANT THEOPHRASTE.

Malgré les germes de civilisation que des colonies orientales avoient portés dans la Grèce à une époque très-reculée, nous trouvons dans l'histoire de ce pays une première période où la vengeance suspendue sur la tête du criminel, le pouvoir arbitraire d'un chef, et l'indignation publique, tenoient lieu de justice et de morale.

Dans ce premier âge de la société, au lieu de philosophes moralistes, des guerriers généreux parcourent la Grèce pour atteindre et punir les coupables; des oracles et des devins attachent au crime une flétrissure qui nécessite des expiations religieuses, au défaut desquelles le criminel est menacé de la colère des dieux et proscrit parmi les hommes.

Bientôt des poëtes recueillent les faits héroïques et les événements remarquables, et les chantent en mêlant à leurs récits des

réflexions et des sentences qui deviennent
des proverbes et des maximes. Ayant
conçu l'idée de donner des formes humai-
nes à ces divinités que les peuples de
l'Asie représentoient par des allégories souvent bizarres, ils furent obligés d chercher
dans la nature humaine ce qu'elle avoit de
plus élevé, pour composer leurs tableaux
des traits qui commandoient la plus grande
admiration. Leurs brillantes fictions se res-
sentent des moeurs d'un siècle à demi barbare; mais elles traçoient du moins à leurs
contemporains des modéles de grandeur et
même de vertus, plus parfaits que la
réalité.

Les idées que la tradition avoit fournies
à ces chantres révérés, ou que leur vive
imagination leur avoit fait découvrir, furent
méditées, réunies, augmentées par des hommes supérieurs; en même temps que tous
les membres de la société sentirent le besoin de sortir de cet état d'instabilité, de
troubles et de malheurs.

Alors les héros furent remplacés par des
législateurs, et les idées religieuses se fixè-
rent. Elles furent enseignées surtout dans
ces célèbres mystères fondés par Eumolpe
quelques générations avant la guerre de
Troie, auxquels Cicéron*) attribue la civilisation de l'Europe, et que la Grèce a re-
gardés pendant une si longue suite de siècles

*) De Legib. II, 14.

somme la plus sacrée de ses institutions.
Dans les initiations solemnelles, d'Eleusis,
la morale étoit présentée avec la sanction
imposante de peines et de récompenses dans
une vie à venir, dont les notions, d'abord
grossiéres et méme immorales, s'épurerent
peu à peu,

Dans cette période, les hommes éclairés
jouirent d'une véneration d'autant plus grande, que les lumières etoient plus rares; et
les talents extraordinaires plaçoient presque
toujours celui qui les possédoit à la tete du
gouvernement. L'orateur philosophe que je
viens de citer*) observe que parmi les sept
sages de la Gréce il n'y eut que Thalés qui
ne fut pas le chef de sa république; et cette
exception provint de ce que ce philosophe
se livra presque exclusivement aux sciences physiques.

Pythagore seul se fraya une carriére diffé-
rente. Exilé de sa patri par la tyrannie de
Polycrate, il demeura sans fonctions civiles; mais il fut l'ami et le conseil des chefs
des républiques de la grande Grèce. En
méme temps, pour se créer une sphère
d'activité plus vaste et plus independante,
il fonda une école qui embrassoit à la fois
les sciences physiques et les sciences morales,
et une association secréte qui devoit réfor-

*) De Oratore, III, 34.

mer peu à peu tous les états de la Grèce,
et substituer aux institutions qu'avoient fait
naître la violence et les circonstances, des
constitutions fondées sur les véritables bas
du contrat social **). Mais cette associatio
n'acquit jamais une influence prépondérante
dans la Grèce proprement dite, et n'y laissa
guère d'autres traces que quelques traités
de morale qui préparèrent la forme qu'Aristote donna par la suite à cette science.

Tant que les républiques de la Grèce étoient
florissantes, leur histoire nous offre des actions et des sentiments sublimes ; la morale
servoit de base à la législation, elle présidoit
aux séances de l'Aréopage, elle dictoit des
oracles, et conduisoit la plume des historiens ; ses préceptes étoient gravés sur les
Hermès ; prêchés publiquement par les poëtes
dans les choeurs de leurs tragédies, et souvent vengés par les satires politiques de la
comédie de ce temps. Mais, excepté le
petit nombre d'écrits pythagoriciens dont je
viens de parler, et quelques paraboles qui
nous ont été conservées par des auteurs
postérieurs, nous ne voyons paroître dans
cette période aucun ouvrage qui traite expres-
sément de la morale. Les esprits actifs se
livroient à la carrière politique où les appeloit la forme démocratique des gouverne-
ments sous lesquels ils vivoient, ou aux

**)voy. Meiners, Hist. des sciences dans la grèce
I. III; et le voyage du jeune Anacharsis, c. 75

arts qui promettoient aussi des récompenses
publiques. Les esprits spéculatifs s'occupoient des sciences physiques, premier objet
des besoins et de la curiosité de l'homme.

La morale faisoit, à la vérité, une partie
essentielle de l'éducation qu'on donnoit à
la jeunesse; mais dans les écoles, l'étude
de cette science étoit presque entièrement
subordonnée à celle de l'éloquence; et cette
circonstance contribua beaucoup à en corrompre les principes. On n'y cherchoit ordinairement que ce qui pouvoit servir à émou-
voir les passions et à faire obtenir les suffrages d'une assemblée tumultueuse. Cette per-
versité fut même érigée en science par ces
vains et subtils déclamateurs appelés sophistes.

En même temps les guerres extérieures
et civiles; l'inégalité des fortunes, la tyrannie exercée par les républiques puissantes
sur les républiques foibles, et, dans l'intérieur des états, la facilité d'abuser d'un
pouvoir populaire et mal déterminé, cor-
rompoient sensiblement les moeurs; et les
républiques se ressentirent bientôt, par
l'altération des anciennes institutions, du
changement qui s'étoit opéré dans les esprits.
Mais, à côté des vices et de la corruption,
les lumières que donne l'expérience, et
l'indignation même qu'inspire le crime, forment souvent des hommes que leurs vertus
élèvent non   ment au-dessus de leur

siécle, mais encore au-dessus de la vertu
moins éclairée des siécles qui les ont précédés.
Cependant la carrière politique est alors
fermée à de tels hommes par la distance
même oú ils se trouvent du vulgaire, et
par la répugnance que leur inspirent l'intrigue
et les vils moyens qu'il faudroit employer
pour s'élever aux place et pour s'y mainte-
nir. S'ils sont portés, par ce instinct sublime qui attache notre bonheur à celui de
nos semblables, vers une activité généreuse,
ils ne peuvent s'y livrer qu'en signalant les
méchants, en distinguant ce qui reste de
citoyens vertueux, en s'entourant de l'espoir
de la génération future, et en combattant
ses corrupteurs.

Tels furent la situation et les sentiments
de Socrate lorsqu'il résolut de faire descendre, selon le beau mot de Cicéron, la
philosophie du ciel sur la terre, et qu'il
s'érigea, pour ainsi dire, en censeur public de ses concitoyens, asservis à la fois par
la mollesse et par la tyrannie.

Il combattit les pervers par les armes du
ridicule, et s'attacha les vertueux en enflam-
mant dans leur sein les sentiment de la
moralité. Mais il chercha vainement à ram_e_-
ner sa patrie à un ordre de choses dont les
bases avoient été détruites, et il périt victime de sa noble entreprise.

Bientôt Philippe et Alexandre reléguèrent presque entièrement dans les écoles et dans les livres les sentiments qui autrefois avoient formé des citoyens et des héros. Le philosophe qui vouloit suivre les traces de Socrate étoit condamné au rôle de Diogene; Platon et Aristote enseignèrent dans l'intérieur de l'Académie et du Lycée; Zénon trouva peu de disciples parmi ses contemporains; et la morale d'Epicure, fondée sur la seule sensibilité physique, fut le résultat naturel de cette révolution, et l'expression fidèle de l'esprit du siècle qui la suivit.

Le temps des vertus privées et celui des observations fines et délicates, des systèmes, et des fictions morales, avoit succédé aux siècles des vertus publiques, des grands hommes, et des actions sublimes.

Les différents degrés du passage à ce nouvel ordre de choses sont marqués par les aimables ouvrages de Xénophon, qui écrivit comme Socrate avoit parlé; par les dialogues spirituels de Platon, qui plaça les beautés morales dans des espaces imaginaires et dans des pays fictifs; par la doctrine lumineuse d'Aristote, entre les mains duquel la morale devint une science d'observation; et par les élégantes satires de Théophraste, dont l'entreprise a pu être renouvelée du temps de Louis XIV.

DISCOURS

DE

LA BRUYERE.

SUR

THEOPHRAST.

Je n'estime pas que l'homme soit capable
de former dans son esprit un projet plus
vain et plus chimérique, que de préten-
dre, en écrivant de quelque art ou de
quelque science que ce soit, échapper à
toute sorte de critique, et enlever les suffrages de tous ses lecteurs.

Car, sans m'étendre sur la différence
des esprits des hommes, aussi prodigieuse
en eux que celle de leurs visages, qui
fait goûter aux uns les choses de spécula-
tion, et aux autres celles de pratique; qui
fait que quelques uns cherchent dans les

livres à exercer leur imagination, quelques
autres à former leur jugement; qu'entre
ceux qui lisent, ceux-ci aiment à être
forcés par la démonstration, et ceux-là
veulent entendre délicatement, ou former
des raisonnements et des conjectures; je
me renferme seulement dans cette science
qui décrit les moeurs, qui examine les
hommes, et qui développe leurs caractéres, et j'ose dire que sur les ouvrages qui
traitent de choses qui les touchent de si
près, et où il ne s'agit que d'eux-mêmes,
ils sont encore extrémement difficiles à
contenter.

Quelques savants ne goûtent que les
apophthegmes des anciens, et les exemples
tirés des Romains, des Grecs, des Perses,
des Égyptiens; l'histoire du monde présent leur est insipide : ils ne sont point
touchés des hommes qui les environnent
et avec qui ils vivent, et ne font nulle
attention à leurs moeurs. Les femmes, au
contraire, les gens de la cour, et tous
ceux qui n'ont que beaucoup désprit sans
érudition, indifférents pour toutes les choses
qui les ont précédés, sont avides de celles
qui se passent à leurs yeux, et qui sont
comme sous leur main : ils les examinent,
ils les discernent; ils ne perdent pas
de vue les personnes qui les entourent,
si charmés des descriptions et des pein
tures que l'on fait de leurs contemporains
de leurs concitoyens, de ceux enfin qu

leur ressemblent, et à qui ils ne croient
pas ressembler, que jusques dans la chaire
l'on ce croit obligé souvent de suspendre
l'évangile pour les prendre par leur foit
et les ramener à leurs devoirs par des
choses qui soient de leur goût et de leur
portée.

La cour ou ne connoit pas la ville,
ou, par le mépris qu'elle a pour elle,
néglige d'en relever le ridicule, et n'est
point frappée des images qu'il peut fournir; et si, au contraire, l'on peint la
cour comme c'est toujours avec les mé-
nagements qui lui sont dus, la ville ne
tire pas de cette ébauche de quoi remplir
sa curiosité, et se faire une juste idée
d'un pays où il faut même avoir vécu
pour le connoître.

D'autre part, il est naturel aux hommes de ne point convenir de la beauté
ou de la délicatesse d'un trait de morale
qui les peint, qui les désigne, et où ils
se reconnoissent eux-mêmes; ils se tirent
d'embarras en le condamnant; et tels
n'approuvent la satire que lorsque, commen-
çant à lâcher prise et à s'éloigner de leurs
personnes, elle va mordre quelque autre.

Enfin, quelle apparence de pouvoir remplir tous les goûts si différents des hommes
par un seul ouvrage de morale? Les uns
cherchent des définitions, des divisions,
des tables et de la méthode: ils veulent
qu'on leur explique ce que c'est que la

vertu en général, et cette *) vertu en
particulier; quelle différence se trouve
entre la valeur, la force et la magnani-
mité; les vices extrêmes par le défaut ou
par l'excès entre lesquels chaque vertu se
trouve placée, et duquel de ces deux ex-
trémes elle emprunte davantage: toute autre
doctrine ne leur plait pas. Les autres,
contents que l'on réduise les moeurs aux
passions, et que l'on explique celles-ci
par le mouvement du sang, par celui des
fibres et des artères, quittent un auteur de
tout le reste.

Il s'en trouve d'un troisième ordre, qui,
persuadés que toute doctrine des moeurs
doit tendre à les réformer, à discerner les
hommes d'avec les mauvaises, et à démé-
ler dans les hommes ce qu'il y a de vain,
de foible et de ridicule, d'avec ce qu'ils
peuvent avoir de bon, de sain et de lou-
able, se plaisent infiniment dans la lecture
des livres qui, supposant les principes
physiques et moraux rebattus par les anciens et les modernes, se jettent d'abord
dans leur application aux moeurs du temps,
corrigent les hommes les uns par les autres,
par ces images de choses qui leur sont si
familières, et dont néanmoins ils ne s'avi-
soient pas de tirer leur instruction.

Tel est le traité des *Caractères des
moeurs* que nous a laissé *Théophraste*

*) Telle.

il l'a puisé dans les Éthiques et dans les grandes Morales d'Aristote, dont il fut le disciple : les éxcellentes définitions que l'on lit au commencement de chaque chapitre sont établies sur les idées et sur les principes de ce grand philosophe, et le fond des caractères qui y sont décrits est pris de la même source. Il est vrai qu'il se les rend propres par l'étendue qu'il leur donne, et par la satire ingénieuse qu'il en tire contre les vices des Grecs, et sur tout des Athéniens 1:

Ce livre ne peut guère passer que pour le commencement d'un plus long ouvrage que Théophraste avoit entrepris. Le projet de ce philosophe, comme vous le remarquerez dans sa préface, étoit de traiter de toutes les vertus et de tous les vices. Et comme il assure lui même dans cet endroit qu'il commence un si grand desseinà l'age de quatre-vingt-dix-neuf ans, il-y-a apparence qu'une prompte mort l'empêcha de le conduire à sa perfection 2. J'avoue que l'opinion commune a toujours été qu'il avoit poussé sa vie au-delà de cent ans; et saint Jérôme, dans une lettre qu'il écrit à Nepotien, assure qu'il est mort à cent sept ans accomplis: de sorte que je ne doute point qu'il n'y ait eu une ancienne erreur, ou dans les chiffres grecs qui ont servi de règle à Diogène Laërce, qui ne le fait vivre que quatre-vingt-quinze années, ou dans les premiers manuscrits qui ont été faits de cet historien, s'ils est

vrai d'ailleurs que les quatre-vingt-dix-neuf
ans que cet auteur se donne dans cette préface se lisent également dans quatre manuscrits de la bibliothéque palatine, où
l'on a aussi trouvé les cinq derniers chapitres des caractères de Théophraste qui
manquoient aux anciennes impressions, et
où l'on a vu deux titres, l'un, *du goût
qu'on a pour les vicieux*, et l'autre, *du
gain sordide*, qui sont seuls et dénués de
leurs chapitres 3.

Ainsi cet ouvrage n'est peut-être même
qu'un simple fragment, mais cependant
un reste précieux de l'antiquité, et un
monument de la vivacité de l'esprit et du
jugement ferme et solide de ce philosophe
dans un âge si avancé. En effet, il a toujours été lu comme un chef-d'oeuvre dans
son genre : il ne se voit rien où le goût
attique se fasse mieux remarquer, et où
l'élégance grecque éclate davantage : on l'a
appelé un livre d'or. Les savants, faisant
attention à la diversité des moeurs qui y
sont traitées, et à la manière naïve dont
tous les caractères y sont exprimés, et la
comparant d'ailleurs avec celle du poëte
Ménandre, disciple de Théophraste, et
qui servit ensuite de modèle à Terence
qu'on a dans nos jours si heureusement
imité, ne peuvent s'empêcher de reconnoitre
dans ce petit ouvrage la première source
de tout le comique : je dis de celui qui
est épuré des pointes, des obscénités, des

équivoques, qui est pris dans la nature, qui fait rire les sages et les vertueux 4.

Mais peut-être que pour relever le mérite de ce traité des caractères, et en inspirer la lecture, il ne sera pas inutile de dire quelque chose de celui de leur auteur. Il étoit d'Érèse, ville de Lesbos, fils d'un foulon : il eut pour premier maître dans son pays un certain Leucippe 5, qui étoit de la même ville que lui : de là il passa à l'école de Platon, et s'arrêta ensuite à celle d'Aristote, où il se distingua entre tous ses disciples. Ce nouveau maître, charmé de la facilité de son esprit et de la douceur de son élocution, lui changea son nom, qui étoit Tyrtame, en celui d'Euphraste, qui signifie celui qui parle bien ; et ce nom ne répondant point assez à la haute estime qu'il avoit de la beauté de son génie et de ses expressions, il l'appela Théophraste, c'est-à-dire, un homme dont le langage est divin. Et il semble que Cicéron soit entré dans les sentiments de ce philosophe, lorsque, dans le livre qu'il intitule *Brutus*, ou *des Orateurs Illustres*, il parle ainsi 6 : ,,Qui est plus ,,fécond et plus abondant que Platon, ,,plus solide et plus ferme qu'Aristote, ,,plus agréable et plus doux que Théo- ,,phraste?'' Et dans quelques unes de ses épitres à Atticus, on voit que parlant du même Théophraste il l'appelle son ami, que la lecture de ses livres lui étoit familière, et qu'il en faisoit ses délices 7.

Aristote disoit de lui et de Callisthène
8, un autre de ses disciples, ce que Platon avoit dit la première fois d'Aristote
même et de Xénocrate 9, que Callisthène
étoit lent à concevoir et avoit l'esprit tar-
dif, et que Théophraste, au contraire,
l'avoit si vif, si perçant, si pénétrant,
qu'il comprenoit d'abord d'une chose tout
ce qui en pouvoit être connu; que l'un
avoit besoin d'éperon pour être excité, et
qu'il falloit à l'autre un frein pour le
retenir.

Il estimoit en celui-ci sur toutes choses
un grand caractère de douceur qui régnoit
également dans ses moeurs et dans son
style 10. L'on raconte que les disciples
d'Aristote, voyant leur maître avancé en
âge et d'une santé fort affoiblie, le prièrent
de leur nommer son successeur; que comme
il avoit deux hommes dans son école sur
qui seuls se choix pouvoit tomber, Méné-
dème 11 le Rhodien, et Théophraste
d'Érèse, par un esprit de ménagement
pour celui qu'il vouloit exclure il se dé-
clara de cette manière. Il feignit, peu de
temps après que ses disciples lui eurent
fait cette prière, et en leur présence, que
le vin dont il faisoit un usage ordinaire
lui étoit nuisible, et il se fit apporter des
vins de Rhodes et de Lesbos: il goûta de
tous les deux, dit qu'ils ne démentoient
point leur terroir, et que chacun dans son
génre étoit excellent; que le premier avoit
de la force, mais que celui de Lesbos avoit

plus de douceur, et qu'il lui donnoit la
préférence. Quoi qu'il en soit de ce fait,
qu'on lit dans Aulu-Gelle, il est certain
que lorsqu'Aristote, accusé par Eurymédon, prêtre de Cérès, d'avoir mal parlé
des dieux, craignant le destin de Socrate,
voulut sortir d'Athènes, et se retirer
à Chalcis, ville d'Eubée, il abandonna
son école au Lesbien, lui confia ses écrits,
à condition de les tenir secrets; et c'est
par Théophraste que sont venus jusqu'à
nous les ouvrages de ce grand homme 12;

Son nom devint si célèbre par toute la
Grèce, que, successeur d'Aristote, il pût
compter bientôt dans l'école qu'il lui avoit
laissée jusques à deux mille disciples. Il
excita l'envie de Sophoclè 13, fils d'Am-
phiclide, et qui pour lors étoit préteur:
celui-ci, en effet son ennemi, mais sous
prétexte d'une exacte police, et d'empêcher
les assemblées, fit une loi qui défendoit,
sur peine de la vie, à aucun philosophe
d'enseigner dans les écoles. Ils obéirent;
mais l'année suivante, Philon ayant succédé à Sophocle qui étoit sorti de charge,
le peuple d'Athènes abrogea cette loi odi-
euse que ce dernier avoit faite, le con-
damna à une amende de cinq talents, ré-
tablit Théophraste et le reste des philosophes.

Plus heureux qu'Aristote, qui avoit été
contraint de céder à Eurymédon, il fut sur
le point de voir un certain Agnonide puni
comme impie par les Athéniens, seulement

B 2

à cause qu'il avoit osé l'accuser d'impiété; tant étoit grande l'affection que ce peuple avoit pour lui, et qu'il méritoit par sa vertu 14.

En effet, on lui rend ce témoignage, qu'il avoit une singulière prudence, qu'il étoit zélé pour le bien public, laborieux, officieux, affable, bienfaisant. Ainsi, au rapport de Plutarque 15, lorsqu'Erèse fut acablée de tyrans qui avoient usurpé la domination de leur pays, il se joignit à Phidias 16 son compatriote, contribua avec lui de ses biens, pour armer les bannis, qui rentrèrent dans leur ville, en chassèrent les traîtres, et rendirent à toute l'île de Lesbos sa liberté.

Tant de rares qualités ne lui acquirent pas seulement la bienveillance du peuple, mais encore l'estime et la familiarité des rois. Il fut ami de Cassandre, qui avoit succédé à Arrhidée, frère d'Alexandre-le-Grand, au royaume de Macédoine 17: et Ptolomée, fils de Lagus et premier roi d'Egypte, entretint toujours un commerce étroit avec ce philosophe. Il mourut enfin accablé d'années et de fatigues, et il cessa tout à la fois de travailler et de vivre. Toute la Grèce le pleura, et tout le peuple athénien assista à ses funérailles.

L'on raconte de lui que dans son extrême vieillesse, ne pouvant plus marcher à pied, il se faisoit porter en litière par la ville, où il étoit vu du peuple à qui il étoit si cher. L'on dit aussi que ses disciples, qui entouroient son lit lorsqu'il mourut, lui ayant

pemandé s'il n'avoit rien à leur recomman-
der, il leur tint ce discours : „La vie nous
„séduit, elle nous promet de grands plai-
„sirs dans la possession de la gloire; mais
„à peine commence-t on à vivre, qu'il faut
„mourir. Il n'y a souvent rien de plus stérile
„que l'amour de la réputation. Cependant,
„mes disciples, contentez vous: si vous
„négligez l'estime des hommes, vous vous
„épargnez à vous-mêmes de grands travaux;
„s'ils ne rebutent point votre courage, il
„peut arriver que la gloire sera votre récom-
„pense. Souvenez-vous seulement qu'il y'a
„dans la vie beaucoup de choses inutiles,
„et qu'il y en a peu qui mènent à une fin
„solide. Ce n'est point à moi à délibérer
„sur le parti que je dois prendre, il n'est
„plus temps: pour vous, qui avez à me
„survivre, vous ne sauriez peser trop mûre-
„ment ce que vous devez faire „Et ce furent
là ses dernières paroles.

Cicéron, dans le troisième livre des Tusculanes, dit que Théophraste mourant se
plaignit de la nature, de ce qu'elle avoit
accordé aux cerfs et aux corneilles une vie
si longue et qui leur est si inutile, lorsqu'elle n'avoit donné aux hommes qu'une
vie trés-courte, bien qu'il leur importe si
fort de vivre long-temps; que si l'âge des
hommes eût pu s'étendre à un plus grand
nombre d'années, il seroit arrivé que leur
vie auroit été cultivée par une doctrine
universelle, et qu'il n'y auroit eu dans le
monde ni art ni science qui n'eût atteint sa

perfection 18. Et saint Jérôme, dans l'endroit déja cité, assure que Théophraste, à
l'âge de cent sept ans, frappé de la maladie dont il mourut, regretta de sortir de la
vie dans un temps où il ne faisoit que commencer à être sage 19.

Il avoit coutume de dire qu'il ne faut pas
aimer ses amis pour les éprouver, mais
les éprouver pour les aimer; que les amis
doivent être communs entre les frères, comme tout est commun entre les amis; que
l'on devoit plutôt se fier à un cheval sans
frein, qu'à celui qui parle sans jugement;
que la plus forte dépense que l'on puisse
faire est celle du temps. Il dit un jour à
un homme qui se taisoit à table dans un
festin : ,,Si tu es un habile homme, tu as
,,tort de ne pas parler ; mais s'il n'est pas
,,ainsi, tu en sais beaucoup,,. Voilà quelques unes de ses maximes 20.

Mais si nous parlons de ses ouvrages, ils
sont in finis, et nous n'apprenons pas que
nul ancien ait plus écrit que Théophraste.
Diogène Laërce fait l'énumération de plus
de deux cents traités différents, et sur toutes
sortes de sujets, qu'il a composés. La plus
grand partie s'est perdue par le malheur
des temps, et l'autre se réduit à vingt
traités, qui sont recueillis dans le volume
de ses oeuvres. L'on y voit neuf livres de
l'histoire des plantes, six livres de leurs
causes: il a écrit des vents, du feu, des
pierres, du miel, des signes du beau temps,
des signes de la pluie, des signes de la

tempéte, des odeurs, de la sueur, du verti-
ge, de la lassitude, du relâchement des nerfs,
de la défaillance, des poissons qui vivent
hors de l'eau, des animaux qui changent
de couleur, des animaux qui naissent subi-
tement, des animaux sujets à l'envie, des
caractères des moeurs. Voilà ce qui nous
reste de ses écrits : entre lesquels ce dernier
seul, dont on donne la traduction, peut
répondre non seulement de la beauté de
ceux que l'on vient de déduire, mais encore du mérite d'un nombre infini d'autres
qui ne sont point venus jusqu'a nous 21.

Que si quelques uns se refroidissoient pour
cet ouvrage moral par les choses qu'ils y
voient, qui sont du temps auquel il a été
écrit, et qui ne sont point selon leurs
moeurs ; que peuvent-ils faire de plus utile
et de plus agréable pour eux, que de se
défaire de cette prévention pour leurs coutumes et leurs manières, qui, sans autre discussion, non seulement les leur fait trouver
les meilleures de toutes, mais leur fait pres
que décider tout ce qui n'y est pas confor-
me est méprisable, et qui les prive, dans
la lecture des livres des anciens, du plaisir
et de l'instruction qu'ils en doivent attendre?

Nous, qui sommes si modernes, serons
anciens dans quelques siècles. Alors l'histoire du nôtre fera goûter à la postérité la
vénalité des charges, c'est-à-dire, le pouvoir de portéger l'innocence, de punir le
crime, et de faire justice à tout le monde,

acheté à deniers comptants comme une métai-
rie; la splendeur des partisans 22, gens si
méprisés chez les Hébreux et chez les Grecs.
L'on entendra parler d'une capitale d'un
grand royaume où il n'y avoit ni places
publiques, ni bains, ni fontaines, ni amphithéâtres, ni galeries, ni portiques, ni
promenoirs, qui étoit pourtant une ville
merveilleuse. L'on dira que tout le cours de
la vie s'y passoit presque à sortir de sa
maison pour aller se renfermer dans celle
d'un autre; que d'honnêtes femmes, qui
n'étoient ni marchandesin, hôtelières, avoient leurs maisons ouvertes à ceux qui payoi-
ent pour y entrer; que l'on avoit à choisir
des ués, ces cartes, et de tous les jeux,
que l'on mangeoit dans ces maisons, et
qu'elles étoient commodes à tout commerce.
L'on saura que le peuple ne paroissoit dans
la ville que pour y passer avec précipitation;
nul entretien, nulle familiarité; que tout! y
étoit farouche et comme alarmé par le bruit
des chars qu'il falloit éviter, et qui s'aban-
donnoient au milieu des rues, comme on
fait dans une lice pour remporter le prix de
la course. L'on apprendra sans étonnement
qu'en pleine paix, et dans une tranquillité
publique, des citoyens entroient dans les
temples, alloient voir des femmes, ou visi-
toient leurs amis, avec des armes offensives,
et qu'il n'y avoit presque personne qui n'eût
à son côté de quoi pouvoir d'un seul coup
en tuer un autre. Ou si ceux qui viendront
après nous, rebutés par des moeurs si étran-

ges et si différentes des leurs, se dégoûtent par là de nos mémoires, de nos poésies, de notre comique et de nos satires, pouvons-nous ne les pas plaindre par avance de se priver eux-mêmes, par cette fausse délicatesse, de la lecture de si beaux ouvrages, si travaillés, si réguliers, et de la connoissance du plus beau règne dont jamais l'histoire ait été embellie?

Ayons donc pour les livres des anciens cette même indulgence que nous espérons nous-mêmes de la postérité, persuadés que les hommes n'ont point d'usages ni de coutumes qui soient de tous les siècles ; qu'elles changent avec les temps; que nous sommes trop éloignés de celles qui ont passé, et trop proches de celles qui règnent encore, pour être dans la distance qu'il faut pour faire des unes et des autres un juste discernement. Alors, ni ce que nous appelons la politesse de nos moeurs, ni la bienséance de nos coutumes, ni notre faste, ni notre magnificence, ne nous préviendront pas davantage contre la vie simple des Athéniens, que contre celle des premiers hommes, grands par eux-mêmes, et indépendamment de mille choses extérieures qui ont été depuis inventées pour suppléer peut-être à cette véritable grandeur qui n'est plus.

La nature se montroit en eux dans toute sa pureté et sa dignité, et n'étoit point encore souillée par la vanité, par le luxe et par la sotte ambition. Un homme n'étoit

honoré sur la terre qu'à cause de sa force ou
de sa vertu : il n'étoit point riche par des
charges ou des pensions, mais par son champ,
par ses troupeaux, par ses enfants et ses
serviteurs : sa nourriture étoit saine et naturelle, les fruits de la terre, le lait de ses
animaux et de ses brebis : ses vétements
simples et uniformes : leurs laines, leurs
toisons : ses plaisirs innocents, une grande
récolte, le mariage de ses enfants, l'union
avec ses voisins, la paix dans sa famille.
Rien n'est plus opposé à nos moeurs que
toutes ces choses, mais l'éloignement des
temps nous les fait goûter, ainsi que la
distance de lieux nous fait recevoir tout ce
que les diverses relations ou les livres de
voyages nous apprennent des pays lointains
et des nations étrangères.

Ils racontent une religion, une police,
une manière de se nourrir, de s'habiller,
de bâtir et de faire la guerre, qu'on ne savoit point : des moeurs que l'on ignoroit :
celles qui approchent des nôtres nous touchent, celles qui s'en éloignent nous étonnent ; mais toutes nous amusent : moins rebutés par la barbarie des manières et des
coutumes de peuples si éloignés, qu'instruits
et même réjouis par leur nouveauté, il nous
suffit que ceux dont il s'agit soient Sia-
mois, Chinois, Négres ou Abyssins.

Or, ceux dont Théophraste nous peint
les moeurs dans ses caractères étoient Athéniens, et nous sommes François : et si nous

joignons à la diversité des lieux et du climat
le long intervalle des temps, et qui nous
considérions que ce livre a pu être écrit la
dernière année de la cent quinzième olympiade, trois cent quatorze ans avant l'ère
chrétienne, et qu'ainsi il y a deux mille
ans accomplis que vivoit ce peuple d'Athènes dont il fait la peinture, nous admire-
rons de nous y reconnoitre nous-mêmes,
nos amis, nos ennemis, ceux avec qui nous
vivons, et que cette ressemblance avec des
hommes séparés par tant de siècles soit si
entière. En effet, les hommes n'ont point
change selon le cœur et selon les passions;
ils sont encore tels qu'ils étoient alors et
qu'ils sont marqués dans Théophraste, vains,
dissimulés, flatteurs, interessés, effrontés,
importuns, défiants, médisants, querelleurs,
superstitieux.

Il est vrai, Athènes étoit libre, c'étoit
le centre d'une république: ses citoyens étoient égaux, ils ne rougissoient point l'un de
l'autre; ils marchoient presque seuls et à
pied dans une ville propre, paisible et
spacieuse, entroient dans les boutiques et
dans les marchés, achetoient eux-mêmes les
choses nécessaires; l'émulation d'une cour
ne les faisoit point sortir d'une vie commune:
ils réservoient leurs esclaves pour les bains,
pour les repas, pour le service intérieur des
maisons, pour les voyages : ils passoient
une partie de leur vie dans les places, dans
les temples, aux amphithéâtres, sur un port,

sous des portiques, et au milieu d'une villa
dont ils étoient également les maitres. Là
le peuple s'assembloit pour parler ou pour
délibérer 23 des affaires publiques ; ici, il
s'entretenoit avec les étrangers; ailleurs, les
philosophes tantôt enseignoient leur doctrine,
tantôt conféroient avec leurs disciples : ces
lieux étoient tout à la fois la scène des plaisirs et des affaires. Il y avoit dans ces moeurs
quelque chose de simple et de populaire,
et qui ressemble peu aux nôtres, je l'avoue;
mais cependant quels hommes en général
que les Athéniens, et quelle ville qu'Athé-
nes! quelles lois! quelle police! quelle va -
leur! quelle discipline! quelle perfection
dans toutes les sciences et dans tous les
arts! mais quelle politesse dans le commerce
ordinaire et dans le langage! Théophraste,
le même Théophraste dont l'on vient de dire
de si grandes choses, ce parleur agréable,
cet homme qui s'exprimoit divinement, fut
reconnu étranger et appelé de ce nom par
une simple femme de qui il achetoit des herbes au marché, et qui reconnut, par je ne
sais quoi d'attique qui lui manquoit, et
que les Romains ont depuis appelé urbanité,
qu'il n'étoit pas Athénien : et Cicéron rapporte que ce grand personnage demeura
étonné de voir qu'ayant vieilli dans Athènes,
possédant si parfaitement le langage attique, et en ayant acquis l'accent par une
habitude de tant d'années, il ne s'étoit pu
donner ce que le simple peuple avoit na-

turellement et sans nulle peine 24. Que
si l'on ne laisse pas de lire quelquefois
dans ce traité des Caractères de certaines moeurs qu'on ne peut excuser, et qui
nous paroissent ridicules, il faut se souvenir qu'elles ont paru telles à Théophraste,
qui les a regardée comme des vices dont
il a fait une peinture naïve qui fit honte
aux Athéniens, et qui servit à les corriger.

Enfin, dans l'esprit de contenter ceux
qui reçoivent froidement tout ce qui appartient aux étrangers et aux anciens, et qui
n'estiment que leurs moeurs, on les ajoute
à cet ouvrage. L'on a cru pouvoir se dis-
penser de suivre le projet de ce philosoph-,
soit parce qu'il est toujours pernicieux de
poursuivre le travail d'autrui, sur-tout si
c'est d'un ancien ou d'un auteur d'une
grande réputation, soit encore parce que
cette unique figure qu'on appelle description ou énumération, employée avec
tant de succès dans ces vingt huit chapitres des Caractères, pourroit en avoir un
beaucoup moindre, si elle étoit traitée
par un génie fort inférieur à celui de
Théophraste

Au contraire, se ressouvenant que parmi
le grand nombre des traités de ce philosophe, rapporté par Diogène Laërce, il
s'en trouve un sous le titre de Proverbes,
c'est-à dire de pièces détachées, comme
des réflexions ou des remarques; que le
premier et le plus grand livre de morale

qui ait été fait porte ce même nom dans
les divines écritures ; on s'est trouvé excité, par de si grands modèles, à suivre,
selon ses forces, une semblable manière
d'écrire des moeurs 25 ; et l'on n'a point
été détourné de son entreprise le morale
qui sent dans les mains de tout le monde,
et d'où, faute d'attention, ou par un
esprit de critique, quelques uns pour-
roient penser que ces remarques sont
imitées.

L'un, par l'engagement de son auteur
26, fait servir la métaphysique à la religion, fait connoître l'ame, ses vices ;
traite les grands et les sérieux motifs pour
conduire à la vertu, et veut rendre l'homme
chrétien. L'autre, qui est la production
d'un esprit instruit par le commerce du
monde 27, et dont la délicatesse étoit
égale à la pénétration, observant que
l'amour-propre est dans l'homme la cause
de tous ses foibles, l'attaque sans relâche
quelque part où il le trouve ; et cette unique
pensée, comme multipliée en mille autres,
a toujours, par le choix des mots et par la
variété de l'expression, la grâce de la
nouveauté.

L'on ne suit aucune de ces routes dans
l'ouvrage qui est joint à la traduction des
Caractères, il est tout différent des deux
autres que je viens de toucher ; moins
sublime que le premier, et moins délicat
que le second, il ne tend qu'à rendre

l'homme raisonnable, mais par des voies simples et communes, et en l'examinant indifféremment, sans beaucoup de méthode, et selon que les divers chapitres y conduisent, par les âges, les sexes et les conditions, et par les vices, les foibles et le ridicule qui y sont attachées.

L'on s'est plus appliqué aux vices de l'esprit, aux replis du coeur, et à tout l'intérieur de l'homme, que n'a fait Théophraste : et l'on peut dire que comme ses Caractères, par mille chose extérieurs qu'ils font remarquer dans l'homme, par ses actions, ses paroles et ses démarches, apprennent quel est son fond, et font remonter jusques à la source de son déréglement ; tout au contraire, les nouveaux Caractères, déployant d'abord les pensées, les sentiments et les mouvements des hommes, découvrent le principe de leur malice et de leurs foiblesses, font que l'on prévoit aisément tout ce qu'ils sont capables de dire ou de faire, et qu'on ne s'étonne plus de mille actions vicieuses ou frivoles dont leur vie est toute remplie.

Il faut avouer que sur les titres de ces deux ouvrages l'embarras s'est trouvé presque égal. Pour ceux qui partagent le dernier, s'ils ne plaisent point assez, l'on permet d'en suppléer d'autres : mais à l'égard des titres des Caractères de Théophraste, la même liberté n'est pas accordée, pa ce qu'on n'est point maître du

bien d'autrui. Il a fallu suivre l'esprit de
l'auteur, et les traduire selon le sens le
plus proche de la diction grecque, et en
même temps selon la plus exacte confor-
mité avec leurs chapitres; ce qui n'est
pas une chose facile, parce que souvent
la signification d'un terme grec, traduit en
françois mot pour mot, n'est plus la même
dans notre langue: par exemple, ironie
est chez nous une raillerie dans la conversation, ou une figure de rhétorique; et
chez Théophraste c'est quelque chose entre
la fourberie et la dissimulation, qui n'est
pourtant ni l'une ni l'autre, mais précisément ce qui est décrit dans le premier
chapitre.

Et d'ailleurs les Grecs ont quelquefois
deux ou trois termes assez différents pour
exprimer des choses qui le sont aussi, et que
nous ne saurions guère rendre que par un
seul mot: cette pauvreté embarrasse. En
effet, l'on remarque dans cet ouvrage grec
trois espèces d'avarice, deux sortes d'importuns, des flatteurs de deux manières,
et autant de grands parleurs; de sorte que
les caractères de ces personnes semblent
rentrer les uns dans les autres au désa-
vantage du titre: ils ne sont pas aussi
toujours suivis et parfaitement conformes,
parce que Théophraste, emporté quelquefois par le dessein qu'il a de faire des
portraits, se trouve déterminé à ces chan-
gements par le caractère seul et les mœurs

du personnage qu'il peint, ou dont il fait la satire 28.

Les définitions qui sont au commencement de chaque chapitre ont eu leurs difficultés. Elles sont courtes et concises dans Théophraste, selon la force du grec et le tyle d'Aristote qui lui en a fourni les premières idées: on les a étendues dans la traduction, pour les rendre intelligibles. Il se lit aussi dans ce traité des phrases qui ne sont pas achevées, et qui forment un sens imparfait; auquel il a été facile de suppléer le véritable: il s'y trouve de différentes leçons, quelques endroits tout-à-fait interrompus, et qui pouvoient recevoir diverses explications; et pour ne point s'égarer dans ces doutes, on a suivi les meilleurs interprètes.

Enfin, comme cet ouvrage n'est qu'une simple instruction sur les moeurs des hommes, et qu'il vise moins à les rendre savants qu'à les rendre sages, l'on s'est trouvé exempt de le charger de longues et curieuses observations ou de doctes commentaires qui rendissent un compte exact de l'antiquité 29. L'on s'est contenté de mettre de petites notes à côté de certains endroits que l'on a crus les mériter, afin que nuls de ceux qui ont de la justesse, de la vivacité, et à qui il ne manque que d'avoir lu beaucop, ne se reprochent pas même ce petit défaut, ne puissent être arrêtés dans la lecture des Caractères,

et douter un moment du sens de Théophraste.

─────────────────────────

NOTES ET ADDITIONS.

1 ARISTOTE fait, dans les ouvrages que
La Bruyère vient de citer, et auxquels il
faut ajouter celui que ce philosophe a a-
dressé à son disciple Eudème, une énumération méthodique des vertus et des vices, en considérant les derniers comme
s'écartant des premières en deux sens opposés, en plus et en moins. Il détermine
les unes par les autres, et s'attache sur-
tout à tracer les bornes par lesquelles la
droite raison sépare les vertus de leurs ex -
trémes vicieux. On trouvera quelques
exemples de sa manière à la fin de ce volume.

Théophraste a suivi en général la carrière
que son maître avoit ouverte, en trans-
formant en science d'observation la morale
qui avant lui étoit, pour ainsi dire, toute
en action et en préceptes. Dans cet ouvrage
en particulier, il profite souvent des définitions et même quelquefois des distinctions et des subdivisions de son maître.
Il ne nous présente, à la vérité, qu'une
suite de caractères de vices et de ridicules,
et en peint beaucoup de nuances qu'Aristote passe sous silence: mais il avoit peut-

être suivi, pour atteindre le but moral qu'il se proposoit, un plan assez analogue à celui d'Aristote, en rapprochant les tableaux des vices opposés à chaque vertu. La forme actuelle de son livre n'offre, à la vérité, que les traces d'un semblable plan, que l'on trouvera dans le tableau ci après; mais cette collection de caractères ne nous a été transmise que par morceaux détachés, trouvés successivement dans différents manuscrits; et nous sommes si peu certains d'en posséder la totalité, que nous ne savons même pas quelle en a été la forme primitive, ou la proportion de la partie qui nous reste à celle qui peut avoir péri avec la plupart des autres écrits de notre philosophe.

La peur, chap. 25.	L'effronterie, chap. 6.
La superstition, chap. 16.	. . . .
La dissimulation intéressée. chap. 1.	L'effronterie causée par l'avarice ch. 9.
. . . .	L'habitude de forger des nouvelles ch. 8.
L'orgueil, chap. 24.	L'envie de plaire à
La saleté, chap. 19.	force de complaisan-
La rusticité, chap. 4.	ce et d'élégance,
La brutalité, chap. 15.	chap. 5.
La malice, chap. 20.	L'empressement outré,
La médisance, ch. 28.	chap. 13.
La stupidité, ch. 14.	La flatterie, chap. 2,

L'avarice, chap. 22. La défiance, chap. 18.
La lésine, chap. 10. La vanité, chap. 21.
. . . . L'ostentation, ch. 23.

On pourra comparer ce tableau avec
celui des vertus et des vices selon Aristote, qui se trouve dans le chapitre 26
du Voyage du jeune Anacharsis, et avec
les développemens que le philosophe grec
donne à cette théorie dans son ouvrage
de morale adressé à Nicomaque.

2 L'opinion de la Bruyère et d'autres
traducteurs, que Théophraste annonce le
projet de traiter dans ce livre des vertus
comme des vices, n'est fondée que sur
une interprétation peu exacte d'une phrase
de la lettre à Polyclès qui sert de préface à cet ouvrage. Voyez à ce sujet la
note 3 sur ce morceau, dont même on
ne peut en général rien conclure avec cer-
titude, parce qu'il paroît être altéré par
les abréviateurs et les copistes. Il est même à peu près certain qu'il s'y trouve une
erreur grave sur l'âge de Théophraste:
car l'opinion de saint Jérôme sur cet âge
que La Bruyère appelle, dans la phrase
suivante, l'opinion commune, a au contraire été rejetée depuis par les meilleurs
critiques qui se sont occupés de cet ouvrage et par le célèbre chronologiste Corsini. Nous avons deux énumérations de
philosophes remarquables par leur longé-
vité, l'une de Lucien, l'autre de Censo-

rinus, où Théophraste n'est point nommé;
et comme on sait qu'il est mort la première année de la cent vingt-troisième
olympiade, l'âge que lui donne saint Jérôme supposeroit qu'il auroit eu neuf ans
de plus qu'Aristote dont il devoit épouser
la fille. D'ailleurs Cicéron, en citant le
même trait que saint Jérôme *), n'ajoute
rien sur l'âge de Théophraste; et certainement si cet âge eût été aussi remarquable que le dit ce dernier, Cicéron
n'auroit pas manqué de parler d'une circonstance qui rendoit ce trait bien plus
piquant. Il est donc plus que probable que
saint Jérôme, qui n'a vécu qu'aux quatrième et cinquième siècles, a été mal in-
formé, et que la leçon de Diogene est la
bonne. Or, d'après cet historien, notre
philosophe n'a vécu en tout que quatre-
vingt-cinq ans, tandis que l'avant-propos
des caractères lui en donne quatre-vingt-
dix-neuf. Ce ne peut être que par distraction que La Bruyère dit quatre-vingt-
quinze ans; et j'aurois rectifié cette erreur
manifeste dans le texte même, si je ne
l'avois pas trouvée dans les éditions faites
sous les yeux de l'auteur.

Mais quoi qu'il en soit de l'âge que ce
philosophe a atteint, on verra, dans les
notes 4 et 21 ci-après, qu'il a traité souvent, et sans doute long-temps avant sa

*) Voyez ci-après notes 18 et 19.

mort, des caractères dans ses leçons et
dans ses ouvrages ; il est donc probable
qu'il s'est occupé de faire connoître et
aimer les vertus avant de ridiculiser les
vices, et qu'il n'a point réservé la peinture
des premières pour la fin de sa carrière.

3 Les manuscrits ne varient point à ce
sujet; mais ils paroissent, ainsi que je
l'ai déjà observé, n'être tous que des copies d'un ancien extrait de l'ouvrage original. Les caractères dont parle ici La
Bruyère ont été trouvés depuis dans un
manuscrit de Rome; ils ont été insérés
dans cette édition, ainsi que d'autres additions trouvées dans le même manuscrit*).

4 C'est Diogène Laërce qui nous apprend
que Ménandre fu disciple de Théophraste ;
La Bruyère a f t ici un extrait suffisamment étendu   la vie de notre philosophe donnée p I gène ; et nous n'avons
point cru qu'il valût la peine d'insérer
encore cette vie en totalité comme on l'a
fait dans une autre édition. On sait que
Ménandre fut le créateur de ce qu'on a
appelé la nouvelle comédie, pour la distinguer de l'ancienne et de la moyenne,
qui n'étoient que des satires personnelles
assez amères ou des farces plus ou moins
grossières. Les anciens disoient de Ménandre qu'on ne savoit pas si c'étoit lui

*) Voyez la Préface, page 1, et la note
du chap. 16.

qui avoit imité la nature, ou si la nature l'avoit imité. On trouvera une petite notice sur la vie de cet intéressant auteur et quelques fragments de ses comédies, dont aucune ne nous est parvenue en entier, à la suite de la traduction de Théophraste par le citoyen Levesque, dans la collection des Moralistes anciens de Didot et de Bure.

Théophraste a écrit un livre sur la comédie, et Athénée nous apprend *) que dans le débit de ses leçons il se rapprochoit en quelque sorte de l'action théâtrale, en accompagnant ses discours de tous les mouvéments et des gestes analogues aux objets dont il parloit. On raconte même que, parlant un jour d'un gourmand, il tira la langue et se lécha les lèvres.

Je suis tenté de croir que les observations de Théophraste sur les caractères dont il entretenoit ses disciples et sans doute aussi ses amis avec tant de vivacité ont aussi introduit dans la géographie une attention plus scrupuleuse aux moeurs et aux usages des peuples. Nous avons des fragments de deux ouvrages relatifs à cette science, et composés à différents époques par Dicéarque, condisciple et ami de notre philosophe. Le plus

---

*) Livre 1, chap. 38, page 78 du premier vol. de l'édition de mon père.

ancien de ces écrits, adressé à Théophraste lui même, mais probablement avant
la composition de ses caractères, ne consiste qu'en vers techniques sur les noms
des lieux; tandis que le second contient
des observations fort intéressantes sur le
caractère et les particularités des différentes peuplades de la Grèce. Ces fragments sont recueillis dans les *Geographi
minores* de Hudson, qui les a fait pré-
céder d'une dissertation sur les différentes
poques auxquelles ces ouvrages paroissent
avoir été écrits.

5 Un autre que Leucippe, philosophe
célèbre, disciple de Zenon. *La Bruyère.* Celui dont il est question ici n'est
point connu d'ailleurs; d'autres manuscrits
de Diogène Laërce l'appellent Alcippe.

6 „Quis uberior in dicendo Platone?
„Quis Aristotele nervosior? Theophrasto
„dulcior?" Cap. 31.

7 Dans ses Tusculanes *) Cicéron appelle Théophraste le plus élégant et le
plus instruit de tous les philosophes;
mais ailleurs il lui fait des reproches très-
graves sur la trop grande importance qu'il
accordoit aux richesses et à la magnificence, sur la mollesse, de sa doctrine
morale, et sur ce qu'il s'est permis de
dire que c'est la fortune et non la sagesse
qui règle la vie de l'homme **). Il est

---

*) Livre V, chap. 9.
**) Voyez Acad. Quaest. I. 1, chap. 9, Tusc.
V, 9; Offic. II 16, etc.

vrai que Cicéron met la plupart de ces reproches dans la bouche des stoïciens qu'il
introduit dans ses dialogues ; et d'autres auteurs nous ont conservé des mots de Théophraste qui contiennent une appréciation très-
juste des richesses et de la fortune. „A bien
„les considérer, disoit-il, selon Plutarque, les
„richesses ne sont pas même dignes d'en-
„vie, puisque Callias et Isménias, les plus
„riches, l'un des Athéniens, et l'autre des
„Thébains, étoient obligés, comme Socrate
„et Épaminondas, de faire usage des mê-
„mes choses nécessaires à la vie ' „La vie
„d'Aristide, dit-il, selon Athénée, étoit
„plus glorieuse, quoiqu'elle ne fût pas à
„beaucoup près aussi douce, que celle de
„Smindyride le Sybarite, e de Sardana-
„pale." „La fortune, lui fait encore dire
„Plutarque, est la chose du monde sur
„laquelle on doit compter le moins, puis-
„qu'elle peut renverser un bonheur acquis
„avec beaucoup de peine, dans le temps
„même où l'on se croit le plus à l'abri
„d'un pareil malheur."

8 Philosophe célèb e q suivi Alexandre
dans son expédition, et devint odieux à
ce conquérant par la répugnance qu'il té-
moigna pour ses mœurs asiatiques. Alexandre le fit traîner prisonnier à la suite
de l'armée, et, au rapport de quelques
historiens, le fit mettre à la torture et le

fit pendre sous prétexte d'une conspiration à laquelle il fut accussé d'avoir pris part *).

9 Xénocrate succéda dans l'Académie à Speusippe, neveu de Platon. C'est ce philosophe que Platon ne cessoit d'exhorter à sacrifier aux Graces, parce qu'il manquoit absolument d'agrément dans ses discours et dans ses manières. Il refusa, par la suite, des présents considérables d'Alexandre, en faisant observer aux envoyés chargés de les lui remettre la simplicité de sa manière de vivre. C'est lui aussi que les Atheniens dispensè nt un jour de prêter un serment exigé par les lois, tant ils estimoient on caractère et sa parole.

16 Cicé dit, au sujet d'Aristote et de Théophraste **): Ils aimoient une vie douce et tranquille, consacrée à l'observation de la natur et à l'étude ; une telle vie leur parut la plus digne du sage, comme ressemblant davantage à celle des dieux. ***). Mais il paroît que cette douceur approchoit beaucoup de la mollesse, non seulement par les reproches de Cicéron que je viens de citer, et par les paroles de Sénèque, ***), mais encore par le témoignage de ' 'ès, conservé pat Stobée, qui nous apprend que ce pa he, affectoit

*) V. Arrie   l. I , cap. 14.
**) De Finibus,
***) Voyez aussi   I. 16.
****) De Irâ, lib. I   15.

de n'admettre dans sa familiarité que ceux
qui portoient des habits élégants et des
souliers en escarpins et sans clous, qui
avoient une suite d'esclaves, et une maison
spacieuse employée souvent à donner des
repas somptueux, où le pain devoit être
exquis, le poisson et les ragoûts choisis,
et le vin de la meilleure qualité.

Hermippus, cité par Athénée, dans le
passage dont j'ai déjà parlé, dit que Théophraste, lorsqu'il donnoit ses leçons,
étoit toujours vêtu avec beaucoup de recherche, et qu'ainsi que d'autres philosophes de son temps il attachoit une grande
importance à savoir relever sa robe avec
grace.

1) Il y a deux auteurs du même nom;
l'un philosophe cynique, l'autre disciple
de Platon, *La Bruyère* Mais un Méné-
dème péripatéticien scroit trop inconnu
pour que cette histoire que raconte Aulu-
Gelle *), et que Heumann **) traite de
fable, puisse lui être appliquée. Pour
donner à ce récit quelque degré de vraisemblance, il faut lire *Eudème*, ainsi que
plusieurs savants l'ont proposé. Ce philosophe, né dans l'île de Rhodes, étoit un
des disciples les plus distingués d'Aristote;
qui lui a adressé un de ses ouvrages sur
la morale, à moins que cet ouvrage ne

*) Livre Xⁱⁱⁱ, chap. 5.
**) In Actis Erud., t III, page 675.

soit d'Eudème lui-même, comme plusieurs
savants l'ont cru.

12 Après la mort de Théophraste, ils
passèrent à Nélée son disciple, par les
successeurs duquel ils furent par la suite
enfouis dans un lieu humide, de crainte
que les rois de Pergame ne les enlevassent
pour leur bibliothéque. On les déterra
quelque temps après pour les vendre à
Apellicon de Téos; et, après la prise d'A-
thènes par Sylla, ils furent transportés à
Rome par ce dictateur. Ils avoient été
fort endommagés dans le souterain où ils
avoient été cachés, et il paroît que les
copies qu'on en a tirées n'ont pas été
faites avec beaucoup de soin. Cependant
je puis assurer ceux qui voudront travailler sur cet auteur que les manuscrits
qui nous ont transmis ses ouvrages sont
plus importants à consulter que ne l'ont
cru jusqu'à présent les éditeurs.

13 Un autre a e le poëte tragique. *La
Bruyère.*

14 On voit accusé notre philosophe
d'athéisme et nous voyons dans Cicéron
*) que les épicuriens lui reprochoient l'in-
conséquence d'attribuer une puissance di-
vine tantôt à un esprit, tantôt au ciel,
d'autres fois aux astres et aux signes célestes. La célèbre courtisane épicurienne
Léontium a combattu ses idées dans un

*) De Nat. Deor. 1, chap. 13,

ouvrage écrit, au rapport de Cicéron,
avec beaucoup d'élégance.

Stobée nous a conservé un passage de
Théophraste où il dit qu'on ne mérite
point le nom d'homme vertueux sans avoir
de la piété, et que cette piété consiste, non
dans des sacrifices, magnifique mais dans
l'hommage qu'une ame pure rend à la divinité.

Du Rondel, qui a fait imprimer, en
1686, sur le chapitre de Théophraste qui
traite de la Superstition, un petit livre
en forme de lettre adressée à un ami qu'il
ne nomme point, mais dans lequel il est
aisé de reconnoître le célèbre Bayle attribue à Théophraste un fragment assez curieux où l'on cherche à prouver que la
croyance universelle de la divinité ne peut
être que l'effet d'une idée innée dans tous
les hommes. Il dit que ce morceau a été
tiré de certaines lettres de Philelphe par
un parent du comte de Pagan; mais je l'ai
vainement cherché dans ces intéressantes
lettres d'un des littérateurs les plus distingués du quinzieme siècle; et il ne peut
être que supposé, ou du moins altéré,
parce qu'il y est question du stoïcien
Cléanthe postérieur à Théophraste. Le
seul trait de ce morceau qu'on puisse attribuer avec fondement à notre philosophe
est celui que Simplicius, dans ses commentaires sur Épictète, p. 357 de l'édition
de mon père, lui attribue aussi. C'est la
mention du supplice des acrothoïtes, en-

gloutis dans le sein de la terre parce qu'ils ne croyoient point aux dieux.

Au reste, les accusations d'athéisme avoient toujours des dangers pour leurs auteurs, si elles n'étoient point prouvées *).

15 Dans l'ouvrage intitulé, Qu'on ne sauroit pas même vivre agréablement selon la doctrine d'Épicure, chap. 12. et dans son traité contre l'épicurien Colotès, chap. 29, ce trait et le caractère de l'Oligarchie tracé par Théophraste prouvent que c'étoit plutôt par raison et par circonstance, que par caractère ou par intérêt, que ce philosophe fut attaché au parti aristocratique d'Athènes **).

16 Un autre que le fameux sculpteur, *La Bruyère.*

17 Il paroit qu'il devoit l'amitié de ces personnages illustres à son maître Aristote, précepteur d'Alexandre. Il adressa à Cassandre son traité de la Royauté, dont on ne trouve plus que le titre dans la liste de ses ouvrages perdus. Ce général, fils d'Antipater, disputoit à Polysperchon la tutelle des enfants d'Alixandre, et les tuteurs finirent par faire la paix après avoir assassiné chacun celui des deux enfants du roi qu'il avoit en son pouvoir. Pendant leurs dissensions, Polysperchon,

*) Voyez le Voyage du jeune Anacharsis, chap. 21.
**) Voyez à ce sujet la préface du citoyen Coray, page 23 et suiv.

qui protégeoit le parti démocratique d'A-
thènes, y conduisit une armée, et ren-
versa le gouvernement aristocratique qu'y
avoit établi Antipater; mais par la suite
Cassandre vint descendre au Pirée, réta-
blit, à quelques modifications près, l'aristocratie introduite par son père, et mit à
la tête des affaires Démétrius de Phalère,
disciple et ami de Théophraste *).

18 ,,Theophrastus moriens accusasse na-
,,turam dicitur quòd cervis et cornicibus
,,vitam diuturnam, quorum id nihil in-
,,teresset, hominibus, quorum maxime
,,interfuisset, tam exiguam vitam dedisset;
,,quorum si aetas potuisset esse longin-
,,quior, futurum fuisse ut, omnibus per-
,,fectis artibus, omni doctrinâ vita homi-
,,num erudiretur **).''

19 Epist. ad Nepotianum. ,,Sapiens vir
,,Graeciae Theophrastus, cùm expletis
,,centum et septem annis se morcerneret,
,,dixisse fertur se dolere quod tum egre-
,,deretur e vitâ, quando sapere coepisset.''

20 On trouvera quelques autres maximes
du même genre à la suite de la traduction
des Caractères de Théophraste par le citoyen Levesque, et dans l'intéressante
préface du citoyen Coray.

21 Au rapport de Porphyrius dans la
vie de Plotin chap. 24, les écrits de Théo-

*) Voyez Diod. de Sicile, liv. XIII, et
Coray, page 208 et suiv.
**) Tusc., liv. III. 3.

phraste furent mis en ordre par Androni-
cus de Rhodes. Diogène Laërce nous donne
un catalogue de tous ses ouvrages, dont
la plupart sont relatifs, ainsi que ceux qui
nous restent, à différentes parties de l'histoire naturelle et de la physique générale.
Parmi ceux de morale et de politique, les
titres suivants m'ont paru offrir le plus
d'intérêt: „De la différence des vertus;
„sur les hommes; sur le bonheur; sur la
„volupté; de l'amitié; de l'ambition; sur
„la fausse volupté; de la vertu; de l'o-
„pinion; du ridicule; de l'éloge; sur la
„flatterie; des sages; du mensonge et de
„la vérité; des moeurs politiques ou des
„usages des etats; de la piété; de là-pro-
„pos; de la meilleure forme du gouverne-
„ment; des législateurs; de la politique
„adaptée aux circonstances; des passions;
„sur l'ame; de l'éducation des enfants;
„histoire des opinions sur la divinité,
„etc. etc." On trouvera dans le vol. X du
Trésor grec de Gronovius un traité intéressant de Meursius sur ces ouvrages perdus.

Cicéron dit *) qu'Aristote avoit peint
les moeurs, les usages et les institutions
des peuples, tant grecs que barbares, et
que Théophraste avoit de plus rassemblé
leurs lois; que l'un et l'autre ont traité des
qualités que doivent avoir les gouvernants,
mais que le dernier avoit en outre déve-

*) De Finibus, lib. V, cap. 4.

loppé la marche des affaires dans une republique, et enseigné comment il falloit se conduire dans les différentes circonstances qui peuvent se présenter Le même auteur nous apprend aussi que Théophraste avoit, ainsi que son maître, une doctrine extérieure et une doctrine intérieure.

22 On désignoit autrefois par ces mots les financiers ou traitants.

23 J'ai ajouté les mots *pour parler*, d'après l'édition de 1688 ; et on a fait en général dans cet ouvrage plusieurs corrections importantes sur les éditions imprimées du vivant de La Bruyère, qu'il étoit d'autant plus important de consulter, que la pulpart des fautes de celles qui ont paru peu de temps après sa mort ont toujours été répétées depuis, et que plusieurs autres s'y sont jointes. Les notes mêmes de Coste et du citoyen B. de B. prouvent que ces éditeurs ne se sont servis que d'éditions du dixhuitième siècle ; car les deux bonnes leçons du chap. 11, qu'ils déclarent n'avoir mises dans le texte que par conjecture, existent dans les éditions du dix septième, dont nous avons fait usage.

24 „Tincam multa ridicule dicentem Cra„nius obruebat, nescio quo sapore vernaculo „ut ego jam non mirer illud Theophrasto „accidisse quod dicitur, cum percontaretur „ex anicula qnâdam quanti aliquid vende„ret ; et respondisset illa atque addidisset, „Hospes, non pote minoris, tulisse eum

„moleste se non effugere hospitis speciem,
„cum aetatem ageret Athenis optimèque
„loqueretur. Omnino sicut opinor, in nos-
„tris est quidam urbanorum sicut illic At-
„ticorum sonus *). „

La Bruyère a peut-ètre en général un peu
flatté le portrait d'Athènes; et quant à ce
dernier trait, il en a fait une paraphrase
assez étrange. Ce ne peut ètre que par quelque reste de son accent éolien, très-différent
de celui du dialecte d'Athènes, que Théophraste fut reconnu pour ètranger par une
marchande d'herbes, *sonus urbanorum*, dit
Cicéron. Posidippe, rival de Ménandre,
reproche aux Athéniens comme une grande
incivilité leur affectation de considérer l'accent et le langage d'Athènes comme le seul
qu'il soit permis d'avoir et de parler, et de
reprendre ou de tourner en ridicule les étrangers qui y manquoient. L'atticisme, dit-il
à cette occasion, dans un fragment cité par
ce Dicéarque, ami de Théophraste, dont
j'ai parlé plus haut, est le langage d'une
des villes de la Grèce: l'hellénisme, celui
des autres. La première cause des particularités du dialecte d'Athènes se trouve dans
l'histoire primitive de cette ville. D'après
Hérodote et d'autres autorités, les hordes
errantes appelées Hellènes, qui ont envahi
presque toute la Grèce et lui ont donné leur
nom, se sont fondues à Athènes dans les

*) Brutus, cap. 46.

Aborigines Pélasges, civilisés par la colonie égyptienne de Cécrops.

25 L'on entend cette manière coupée dont Salomon a écrit ses proverbes, et nullement les choses, qui sont divines et hors de toute comparaison. La *Bruyère.*

26 Pascal.

27 Le duc de la Rochefoucauld.

28 Je croirois plutôt que ces défauts de liaison et d'unité dans quelques caractéres sont dus à l'abréviateur et aux copistes. C'est ainsi que les traits qui défigurent le chap. 11 appartiennent véritablement au chap. 30, découvert depuis la mort de La Bruyère, où ils se trouvent mélés a d'autres traits du même genre et sous le titre qui leur convient*) Du reste j'ai proposé quelques titres et quelques définitions qui me semblent prévenir les inconvéniens dont La Bruyère se plaint dans le passage auquel se rapporte cette note et dans la phrase suivante.

29 Je me suis prescrit des bornes un peu moins étroites, et j'ai cru que les moeurs d'Athènes, dans le siècle d'Alexandrè et d'Aristote, méritoient bien d'être éclaircies autant que possible, et que l'explication précise d'un des auteurs les plus élégants de l'antiquité ne pouvoit pas être indifférente à des lecteurs judicieux.

*) Je croi qu'ils se trouve des transpositions semblables dans les chapitres 19. et 20 \ oyez les notes 9 du chap. 19. et 5 et 7 du chap. 20

AVANT-PROPOS

DE THÉOPHRASTE.

J'ai admiré souvent, et j'avoue que je ne puis encore comprendre, quelque sérieuse réflexion que je fasse, pourquoi, toute la Grèce étant placée sous un même ciel, et les Grecs nourris et élevés de la même manière 1, il se trouve néanmoins si peu de ressemblance dans leurs moeurs. Puis donc, mon cher Polyclès 2, qu'a l'âge de quatre-vingt-dix neuf ans où je me trouve 3; j'ai assez vécu pour connoître les hommes; que j'ai vu d'ailleurs, pendant le cours de ma vie, toutes sortes de personnes et de divers tempéraments; et que je me suis toujours attaché à étudier les hommes vertueux, comme ceux qui n'etoient connus que par leurs vices; il semble que j'ai dû marquer les caractères des uns et des autres 4; et ne me pas contenter de peindre les Grecs en général, mais même de toucher ce qui est personnel, et ce que plusieurs d'entre eux paroissent avoir de plus familier. J'espère, mon cher Polyclès, que cet ouvrage sera utile à ceux qui viendront après nous; il

leur tracera des modéles qu'ils pourront
suivre; il leur apprendra à faire le discernement de ceux avec qui ils doivent lier
quelque commerce, et dont l'émulation les
portera a imiter leurs vertus et leur sagesse 5. Ainsi je vais entrer en matiére: c'est
à vous de pénétrer dans mon sens, et d'examiner avec attention si la vérité se trouve
dans mes paroles. Et sans faire une plus
longue préface, je parlerai d'abord de la
dissimulation; je définirai ce vice, et je
dirai ce que c'est qu'un homme dissimulé,
je décrirai ses moeurs; et je traiterai ensuite
des autres passions, suivant le projet que
j'en ai fait.

---

1 *Par* rapport aux barbares, dont les
moeurs étoient très-différents de celles des
Grecs. *La Bruyère.* On pourroit observer
aussi que du temps de Théophraste les institutions particulières des différents peuples
de la Grèce avoient dejà commencé à s'alté-
rer et à se confondre; mais, malgré ces
moyens de défendre en quelque sorte cette
phrase, on ne peut pas se dissimuler qu'elle
est d'une grande inexactitude. Il y avoit
toujours une différence très marquée entre
l'éducation et les moeurs d'Athènes et celles
de Sparte; et quand au climat de la Grèce,
ce passage se trouve en contradiction avec

les témoignages les puls positifs de l'antiquité. D'ailleurs on parle ici des différences
dans les moeurs de ville à ville et de pays
à pays, tandis que dans l'ouvrage il n'est
question que de caractères individuels dont
tous les traits sont pris dans les moeurs
d'Athènes. On peut d'autant moins supposer que Théophraste ait mis cette double
inexactitude dans les faits et dans leur
application, et qu'avec cela il se soit borné
à ce sujet à un stérile étonnement, qu'Hip-
pocrate, qui a écrit long-temps avant lui,
étendoit l'influence du climat sur les caractères aux positions particulières des villes
et des maisons relativement au soleil, ainsi
qu'aux saisons dans lesquelles naissent les
enfants, et que notre philosophe lui-même,
cherchant ailleurs à expliquer la différence
des caractères, entre dans des détailes intéressants sur la différence primitive de
l'organisation et sur celle qu'y apportent la
nourriture et la manière de vivre*). Toutes
ces raisons font présumer que cette phrase
a été tronquée et altérée par l'abréviateur
ou par les copistes **), il se peut qu'elle
ait parlé de l'altération des moeurs d'Athènes
au siècle de Théophraste, tandis que les
climat et l'éducation de la Grèce n'avoient
point changé.

2 Le citoyen Coray remarque que Diodore
de Sicile parle, à la cent quatorzième olym-

*) Voyez Porphyrius de Abst. liv. III. par. 25.
**) Voyez chap. 16, note 2.

piade, d'un Polyclès, général d'Anttipater;
et l'on sait que Théophraste fut fort lié
avec le fils de ce dernier.

3 Voyez sur l'age de Théophraste la
note 2 du discours sur ce philosophe; c'est
encore un passage où cet avant-propos
paroît avoir été altéré.

4 Théophraste avoit dessein de traiter
de toutes les vertus et de tous les vices. *La
Bruyère*. Cette opinion n'est fondée que
sur une interprétation peu exacte de la
phrase suivante de cette préface, dans laquelle on n'a pas fait attention que le pronom
défini ne peut se rapporter qu'aux méchants;
cette opinion est d'ailleurs combattue par
la fin de ce même avant-propos, où l'on
n'annonce que des caractères vicieux; et il
n'est pas à croire que s'il en avoit existé
de vertueux, ceux qui nous ont transmis
cet ouvrage en auroient fait le triage pour
les omettre. Nous voyons aussi par un passage d'Hermogéne, *de formis orationis*[*]), que
l'épithète ἠθικοί, que Diogène de Laërce
et Suidas donne aux caractères de Théophraste, s'applique spécialement aux caractères vicieux; car cet auteur dit qu'on
appelle particulièrement de ce nom les
gourmands, les peureux, les avares, et
des caractères semblables.

Au lieu de ,,Il semble, etc." il faut
traduire: ,,J'ai cru devoir écrire sur les

[*]) Liv. II, chap. 1.

D 2

„moeurs des uns et des autres; et je vais
„représenter une suite des différents carac-
„tères que portent les derniers, et t'exposer
„les principes de leur conduite. J'espère,
etc." Après avoir composé beaucoup d'ouvrages de moral qui traitoient sur-tout des
vertus, notre philosophe veut aussi traiter
des vices. Du reste, la tournure particulière
de cette phrase semble avoir pour objet de
distinguer ces tableaux des satires personnelles.

5 Plus littéralement; „J'espère, mon cher
„Polyclès, que nos enfants en deviendront
„meilleurs si je leur laisse de pareils écrits
„qui puissent leur servir d'exemple et de
„guide pour choisir le commerce et la soci-
„été des hommes les plus parfaits, afin de
„ne point leur rester inférieurs. „ C'est ainsi
que Dion Chrysostome dit dans le discours
qui ne contient que les trois caractères vicieux que j'ai joints à la fin de ce volume: „
J'ai voulu fournir des images et des exemples
„pour détourner du vice, de la séduction et
„des mauvais desirs, et pour inspirer aux
„hommes l'amour de la vertu et le goût
„d'une meilleure vie."

LES CARACTÈRES

DE

THÉOPHRASTE.

CHAPITRE PREMIER.

De la dissimulation.

La dissimulation 1 n'est pas aisée à bien définir : si l'on se contente d'en faire une simple description, l'on peut dire que c'est un certain art de composer ses paroles et ses actions pour une mauvaise fin : Un homme dissimulé se comporte de cette manière : Il aborde ses ennemis, leur parle, et leur fait croire par cette démarche qu'il ne les hait point : il loue ouvertement et en leur présence ceux à qui il dresse de secrètes embûches ; et il s'afflige avec eux s'il leur est arrivé quelque disgrace : il semble pardonner les discours offensans

que l'on lui tient : il récite froidement les
plus horribles choses que l'on aura dites
contre sa réputation : et il emploie les
paroles les plus flatteuses pour adoucir
ceux qui se plaignent de lui, et qui sont
aigris par les injures qu'ils en ont reçues.
S'il arrive que quelqu'un l'aborde avec
empressement, il feint des affaires, et lui
dit de revenir une autre fois : il cache
soigneusement tout ce qu'il fait ; et, à
l'entendre parler, on croiroit toujours qu'il
délibère 2 ; il ne parle point indifféremment ; il a ses raisons pour dire tantôt qu'il
ne fait que revenir de la campagne, tantôt qu'il est arrivé à la ville fort tard, et
quelquefois qu'il est languissant, ou qu'il
a une mauvaise santé. Il dit à celui qui
lui emprunte de l'argent à intérêt, ou qui
le prie de contribuer de sa part à une
somme que ses amis consentent de lui
prêter 3, qu'il ne vend rien, qu'il ne s'est
jamais vu si dénué d'argent ; pendant qu'il
dit aux autres que le commerce va le
mieux du monde, quoiqu'en effet il ne
vende rien. Souvent, après avoir écouté
ce qu'on lui a dit, il veut faire croire
qu'il n'y a pas eu la moindre attention :
il feint de n'avoir pas aperçu les choses
où il vient de jeter les yeux, ou, s'il
est convenu d'un fait, de ne s'en plus
souvenir. Il n'a pour ceux qui lui parlent
d'affaires que cette seule réponse, *j'y
penserai*. Il sait de certaines choses, il

en ignore d'autres; il est saisi d'admiration; d'autres fois il aura pensé comme
vous sur cet événement; et cela selon ces
différents intérêts. Son langage le plus
ordinaire est celui-ci: ,,Je n'en crois rien,
,,je ne comprends pas que cela puisse être,
,,je ne sais où j'en suis;'' ou bien, ,,il me
,,semble que je ne suis pas moi-même:'' et
,,ensuite, ce n'est pas ainsi qu'il me l'a
,,fait entendre; voilà une chose merveil-
,,leuse, et qui passe toute créance, contez
,,cela à d'autres, dois-je vous croire? ou
,,me persuaderai-je qu'il m'ait dit la vérité?''
paroles doubles et artificieuses, dont il faut
se défier comme de ce qu'il y a au monde
de plus pernicieux. Ces manières d'agir ne
partent point d'une ame simple et droite,
mais d'une mauvaise volonté, ou d'un
homme qui veut nuire: le venin des aspics
est moins à craindre.

---

2 L'auteur parle de celle qui ne vient
pas de la prudence, et que les Grecs appeloient ironie. *La Bruyère.* Aristote désigne par ce mot cette dissimulation, à la
fois modeste et adroite, des avantages qu'on
a sur les autres, dont Socrate a fait un
usage si heureux *). Mais le maître de
Théophraste dit, en faisant l'énumération
des vices opposés à la véracité, qu'on

*) Voyez Moral. ad Nicom. IV, 7.

s'écarte de cette vertu, soit pour le seul plaisir de mentir, soit par jactance, soit par intérêt. C'est sur tout cette dernière modification de la dissimulation qu'il me semble que Théophraste a voulu caracté-riser ici; et ce ne peut être que faute d'un terme plus propre qu'il l'a appelée *Ironie*. Les deux autres espèces sont peintes dans les caractères huit et vingt-trois. Au reste, la première phrase de ce chapitre seroit mieux rendue par la version suivante, ,,La ,,dissimulation, à l'exprimer par son carac-,,tère propre, est un certain art, etc." ainsi que l'a déjà observé le citoyen Belin de Ballu.

2 Il y a ici dans le texte une transposi-tion et des altérations observées par plu-sieurs critiques; il faut traduire: ,,Il fait ,,dire à ceux qui viennent le trouver pour ,,affaires de revenir une autre fois, en ,,feignant d'être rentré à l'instant, ou bien ,,en disant qu'il est tard et que sa santé ne ,,lui permet pas de les recevoir. Il ne con-,,vient jamais de ce qu'il va faire, et ne ,,cesse d'assurer qu'il est encore indécis. ,,Il dit à celui, etc."

3 Cette sorte de contribution étoit fré-quente à Athènes et autorisée par les lois. *La Bruyère*. Elle avoit pour objet de reta-blir les affaires de ceux que des malheurs avoient ruinés ou endettés, en leur faisant des avances qu'ils devoient rendre par la suite. Voyez le chapitre 17, et les notes

du citoyen Coray, nécessaires à tous ceux qui voudront approfondir cet ouvrage sous le double rapport de la langue et des mœurs anciennes.

Les notes de Duport, que les derniers éditeurs ont trop négligées, éclaircissent aussi beaucoup cette intéressante matière.

CHAPITRE II.

De la Flatterie.

La flatterie est un commerce honteux qui n'est utile qu'au flatteur. Si un flatteur se promène avec quelqu'un dans la place, Remarquez vous, lui dit-il. comme tout le monde a les yeux sur vous? cela n'arrive qu'à vous seul. Hier il fut bien parlé de vous, et l'on ne tarissoit point sur vos louanges. Nous nous trouvâmes plus de trente personnes dans un endroit du Portique 1 ; et comme par la suite du discours l'on vint à tomber sur celui que l'on devoit estimer le plus homme de bien de la ville, tous d'une commune voix nous nommèrent, et il n'y en eut pas un seul qui vous refusât ses suffrages. Il lui dit mille choses de cette nature. Il affecte d'apercevoir le moindre duvet qui se sera attaché à votre habit, de le prendre, et de le souffler à terre: si par hasard le vent a

fait voler quelques petites pailles sur votre
barbe ou sur vos cheveux, il prend soin
de vous les ôter; et vous souriant, Il est
merveilleux, dit il, combien vous êtes
blanchi 1 depuis deux jours que je ne vous
ai pas vu. Et il ajoute, Voilà encore,
pour un homme de votre âge, assez de
cheveux noirs. Si celui qu'il veut flatter
prend la parole, il impose silence à tous
ceux qui se trouvent présents, et il les
force d'approuver aveuglément tout ce qu'il
avance 3; et dès qu'il a cessé de parler,
il se récrie, Cela est dit le mieux du
monde, rien n'est plus heureusement ren-
contré. D'autres fois, s'il lui arrive de
faire à quelqu'un une raillerie froide, il
ne manque pas de lui applaudir, d'entrer
dans cette mauvaise plaisanterie; et quoiqu'il n'ait nulle envie de rire, il porte à
sa bouche l'un des bouts de son manteau, comme s'il ne pouvoit se contenir
et qu'il voulût s'empécher d'éclater; et
s'il l'accompagne lorsqu'il marche par la
ville, il dit à ceux qu'il rencontre dans
son chemin de s'arréter jusqu'à ce qu'il soit
passé 4. Il achète des fruits, et les porte
chez ce citoyen, il les donne à ses enfants
en sa présence, il les baisse, il les caresse,
Voilà, dit-il, de jolis enfants et dignes
d'un tel père. S'il sort de sa maison, il
le suit: s'il entre dans une boutique pour
essayer des souliers, il lui dit, Votre
pied est mieux fait que cela 5. Il l'accom-

ensuite chez ses amis, ou plutôt il
le premier dans leur maison, et leur
Un tel me suit, et vient vous rendre
visite: et retournant sur ses pas, "Je vous
„ai annoncé, dit il, et l'on se fait un grand
„honneur de vous recevoir." Le flatteur
se met à tout sans hésiter, se mêle des
choses les plus viles, et qui ne conviennent qu'à des femmes 6. S'il est invité à
souper, il est le premier de conviés à
louer le vin: assis à table le plus proche
de celui qui fait le repas, il lui répète
souvent, En vérité, vous faites une chère
délicate 7; et montrant aux autres l'un
des mets qu'il soulève du plat, Cela s'appelle, dit-il, un morceau friand. Il a soin
de lui demander s'il a froid, s'il ne voudroit point une autre robe, et il s'empresse
de le mieux couvrir: il lui parle sans
cesse à l'oreille; et si quelqu'un de la
compagnie l'interroge, il lui répond négligemment et sans le regarder, n'ayant des
yeux que pour un seul. Il ne faut pas
croire qu'au théâtre il oublie d'arracher des
carreaux des mains du valet qui les distribue, pour les porter à sa place, et l'y
faire asseoir plus mollement 8. J'ai dû
dire aussi qu'avant qu'il sorte de sa maison
il en loue l'architecture, se récrie sur toutes choses, dit que les jardins sont bien
plantés; et s'il aperçoit quelque part le
portrait du maître, où il soit extrémement
flatté, il est touché de voir combien il lui

que j'ai rendu littéralement, *sans prendre haleine*, désigne ou la hâte avec laquelle il rend ce service, ou l'effet d'une répuguance naturelle en pareil cas.

7 D'après le citoyen Coray, il faut traduire : ,,il vous dit, *en vérité vous mangez* ,,*sans appétit* ; et il vous sert ensuite un ,,morceau choisi en disant, *cela vous fera du bien* :,, ce qui rappelle ces vers de Boil- 'eau dans la satire du repas, Qu'avez-vous ,,donc, que vous ne mangez point?'' et ,,Mangez sur ma parole.''

8 Ce n'étoit pas, comme La Bruyère paroit l'avoir cru, un valet attaché au théâtre qui distribuoit des coussins; mais les riches les y faisoient porter par leurs esclaves. Ovide conseille aux amants la complaisance que Théophraste semble reprocher aux flatteurs : il dit dans son Art d'aimer, ,;Fuit ,,utile multis Pulvinum facili composuisse ,,manu, etc.''

Le savant auteur du Voyage du jeune Anacharsis, qui nous a rendus, pour ainsi dire, concitoyens de Theophraste, a emprunté, dans son chapitre XXVIII, plusieurs trais de ce caractère pour faire le portrait du parasite de Philandre.

CHAPITRE III.

De l'impertinent, ou du diseur de riens

La sotte envie de discourir vient d'une
habitude qu'on a contractée de parler beaucoup et sans réflexion 1. Un homme qui
veut parler, se trouvant assis proche d'une
personne qu'il n'a jamais vue et qu'il ne
connoît point, entre d'abord en matière,
l'entretient de sa femme, et lui fait son éloge,
lui conte son songe, lui fait un long détail
d'un repas où il s'est trouvé, sans oublier
le moindre mets ni un seul service: il s'échauf-
fe ensuite dans la conversation, déclame
contre le temps présent, et soutient que les
hommes qui vivent présentement ne valent
point leurs péres: de là il se jette sur ce
qui se débite au marché, sur la cherté du
blé 2, sur le grand nombre d'étrangers qui
sont dans la ville: il dit qu'au printemps,
où commencent les Bacchanales 3, la mer
devient navigable; qu'un peu de pluie
seroit utile aux biens de la terre, et feroit
espérer une bonne récolte; qu'il cultivera
son champ l'année prochaine et qu'il le
mettra en valeur; que le siècle est dur,
et qu'on a bien de la peine à vivre. Il apprend à cet inconnu que c'est Damippe qui
a fait brûler la plus belle torche devant
l'autel de Cérès à la fête des Mystères 4: il

lui demande combien de colonnes soutiennent le théâtre de la musique 5, quel est
le quantième du mois: il lui dit qu'il a eu
la veille une indigestion : et si cet homme
à qui il parle a la patience de l'écouter, il
ne partira pas d'auprès de lui, il lui annon-
cera comme une chose nouvelle que les Mystères 6 se célèbrent dans le mois d'août, les
apaturies 7 au mois d'octobre ; et à la campagne, dans le mois de décembre, les Bacchanales 8. Il n'y a avec de si grands cau-
seurs qu'un parti à prendre, qui est de fuir 9,
si l'on veut du moins éviter la fièvre ; car
quel moyen de pouvoir tenir contre des
gens qui ne savent pas discerner ni votre
loisir ni le temps de vos affaires?

---

1 Dans le grec les noms des caractères
sont toujours des termes abstraits. On auroit
pu intituler ce chapitre *du babil*, et traduire
la définition plus littéralement ; ,,Le babil
est une profusion de discours longs et ir-
réflécchi.''

M. Barthelemy a inséré ce caractère presque en entier dans le vingt-huitième chapitre
de son Voyage du jeune Anacharsis.

2 Le grec dit : ,,Sur le bas prix du blé.''
A Athènes cette denrée étoit taxée, et il
y avoit des inspecteurs particuliers pour en
surveiller la vente. On peut voir à ce sujet
le chap. 12 du Voyage du jeune Anacharssis.

...quel je renverrai souvent le lecteur, parce que cet intéressant ouvrage donne des éclaircissements suffisants aux gens du monde, et fournit aux savants des citations pour des recherches ultérieures.

3 Premières Bachanales, qui se célébroient dans la ville. *La Bruyère.* La Bruyère appelle cette fête de Bacchus la première, pour la distinguer de celle de la campagne dont il sera question plus bas. Elle étoit appelée ordinairement *les grandes Dionysiaques*, ou bien *les Bacchanales* par excellence; car celle étoit beaucoup plus brillante que celle de la campagne, où il n'y avoit point d'étrangers, parce qu'elle étoit célébrée en hiver *).

Pendant l'hiver, les vaisseaux des anciens étoient tirés à terre et placés sous des hangars: on les lançoit de nouveau à la mer, au printemps: „Trahuntque siccas machinae carinas, „dit Horace en faisant le tableau de cette saison, l. I, ode 4.

4 Les mystères de Cérès se célébroient la nuit, et il y avoit une émulation entre les Athéniens à qui apporteroit une plus grande torche. *La Bruyère.* Ces torches étoient allumées en mémoire de celles dont Cérès éclaira sa course nocturne en cherchant Proserpine ravie par Pluton. Pausanias nous

*) Voyez le scoliaste d'Aristophane ad Acharn. v. 201 et 503, et le ch. 24 du Voyage du jeune Anacharsis.

apprend, l. 1, c. 2, que dans le temple
de Cérès à Athènes il y avoit une statue de
Bacchus portant une torche ; et l'on voit
souvent des torches représentées dans les
bas-reliefs ou autres monuments anciens
qui retracent des cérémonies religieuses *).
Dans les grandes Dionysiaques d'Athènes
on en plaçoit sur les toits, et dans les
Saturnales de Rome on en érigeoit devant
les maisons ; il en étoit peut-être de même
dans les mystères de Cérès, car les mots,
devant l'autel, ne sont point dans le texte.

5 L'Odéon. Il avoit été bâti par Péri-
cles, sur le modèle de la tente de Xer-
xès : son comble, terminé en pointe, etoit
fait des antennes et des mâts enlevés aux
vaisseaux des Perses : il fut brûlé au siège
d'Athènes par Sylla.

6 Fête de Cérès, Voyez ci dessus. *La
Bruyere.*

7 En françois, la fête des tromperies :
son origine ne fait rien aux moeurs de ce
chapitre. *La Bruyère.* Elle fut instituée
et prit le nom que La Bruyère vient d'expliquer, parce que dens le combat singu-
lier que Melanthus livra, au nom des A-
théniens, à Xanthus, chef des Béotiens,
Bacchus vint au secours du premier en
trompant Xanthus. On trouvera quelques

*) Voyez le Musée du Capitole, t. 4, pl.
67 ; et le Musée Pio Clem. t. 5. pl. 80.

détails sur les usages de cette fête dans le chap. 26 d'Anacharsis.

8 Il auroit mieux valu traduire „et les „Bacchanales de la campagne dans le mois „de décembre *)," Elles se célébroient près d'un temple appelé. *Lenaeum* ou le temple du pressoir.

On peut consulter sur les fêtes d'Athènes en général, et sur les mois dans lesquels elles étoient célébrées, la deuxième table ajoutée à l'ouvrage de l'abbé Barthelemy par son savant et modeste ami le citoyen de Sainte-Croix, qui a éclairci l'histoire et les usages de la Grèce par tant de recherches profondes et utiles.

9 Littéralement: „Il faut se débarrasser „de telles gens, et les fuir à toutes jambes." Aristote dit un jour à un tel causeur: „Ce „qui m'étonne, c'est qu'on ait des oreilles „pour t'entendre, quand on a des jambes „pour t'échapper."

CHAPITRE IV.

De la rusticité.

Il semble que la rusticité n'est autre chose qu'une ignorance grossière des bienséances. L'on voit en effet des gens rustiques et sans

*) Voyez ci-dessus, note 3.

réflexion sortir un jour de médecine 1, et se trouver en cet état dans un lieu public parmi le monde : ne pas faire la différence de l'odeur forte du thym ou de la marjolaine d'avec les parfums les plus délicieux ; être chaussée large et grossièrement ; parler haut, et ne pouvoir se réduire à un ton de voix modéré ; ne se pas fier à leurs amis sur les moindres affaires, pendant qu'ils s'en entretiennent avec leurs domestiques, jusques à rendre compte à leurs moindres valets 2 de ce qui aura été dans une assemblée publique. On les voit assis, leur robe relevée jusqu'aux genoux et d'une manière indécente. Il ne leur arrive pas en toute leur vie de rien admirer, ni de paroitre surpris des choses les plus extraordinaires que l'on rencontre sur les chemins 3 ; mais si c'est un boeuf, un âne, ou un vieux bouc, alors ils s'arrêtent et ne se lassent point de les contempler. Si quelquefois ils entrent dans leur cuisine, ils mangent avidement tout ce qu'ils y trouvent, boivent tout d'une haleine une grande tasse de vin pur ; ils se cachent pour cela de leur servante, avec qui d'ailleurs ils vont au moulin, et entrent dans les plus petits détails du domestique 4. Ils interrompent leur souper, et se lèvent pour donner une poignée d'herbes aux bêtes de charrue 5 qu'ils ont dans leurs étables. Heurte-t-on à leur porte pendant qu'ils dinent, ils sont attentifs et curieux. Vous

remarquez toujours proche de leur table un
gros chien de cour qu'ils appellent à eux,
qu'ils empoignent par la gueule, en disant 6: Voilà celui qui garde la place,
qui prend soin de la maison et de ceux
qui sont dedans. Ces gens, épineux dans
les paiements qu'on leur fait, rebutent un
grand nombre de pièces qu'ils croient légères, ou qui ne brillent pas assez à leurs
yeux, et qu'on est obligé de leur changer.
Ils sont occupés pendant la nuit d'une
charrue, d'un sac, d'une corbeille, et ils
rêvent à qui ils ont prêté ces ustensiles. Et
lorsqu'ils marchent par la ville, Combien
vaut, demandent-ils aux premiers qu'ils
rencontrent, le poisson salé? Les fourrures se vendent-elles bien 7? N'est-ce
pas aujourd'hui que les jeux nous ramènent
une nouvelle lune 8? D'autres fois, ne
sachant que dire, ils vous apprennent
qu'ils vont se faire raser, et qu'ils ne sortent que pour cela 9. Ce sont ces mêmes
personnes que l'on entend chanter dans le
bain, qui mettent des clous à leurs souliers,
et qui, se trouvant tout portés devant la
boutique d'Archias 10, achètent eux-mêmes
des viandes salées, et les rapportent à la
main en pleine rue.

---

1 Le texte grec nomme une certaine
drogue qui rendoit l'haleine fort mauvaise
le jour qu'on l'avoit prise. *La Bruyère.*

La traduction est plus juste que la note *).

2 Le grec dit: „Aux journaliers qui tra-
„vaillent dans leur champ."

3 Il paroit qu'il y a ici une transposi-
tion dans le grec, et qu'il faut traduire:
„ni de paroître surpris des choses les plus
„extraordinaires; mais s'ils rencontrent
„dans leur chemin un boeuf, etc."

4 Le grec dit seulement: „à laquelle
„ils aident à moudre les provisions pour
„leurs gens et pour eux mêmes." L'expression de La Bruyere, „ils vont au
„moulin," est un anachronisme. Du temps
de Théophraste, on n'avoit pas encore
des moulins communs; mais on faisoit
broyer ou moudre le blé que l'on con-
sommoit dans chaque maison, par une
esclave, au moyen d'un pilon ou d'une
espéce de moulin à bras **). Les moulins
à eau n'ont été inventés que du temps
d'Auguste, et l'usage du pilon étoit encore
assez général du temps de Pline.

5 Des boeufs. *La Bruyère.* Le grec dit
en général, des bétes de trait.

6 Au lieu de „Heurte-t on, etc." le
grec dit simplement: „Si quelqu'un frappe
„à sa porte, il répond lui même, appelle

*) Voyez la note du citoyen Coray sur se
passage.
**) V. Pollux, lib. I, segm. 78., et lib.
VII, segm. 189.

,,son chien, et lui prend la gueule en
,,disant, *Voila*, etc."

7 Le grec porte: ,,Lorsqu'il se rend en
,,ville, il demande au premier qu'il ren-
,,contre, Combien vaut le poisson salé?
,,et quel est le prix des habits de peau?"
Ces habits étoient le vêtement ordinaire
des pâtres, et peut-être des pauvres et
des compagnards en général.

8 Cela est dit rustiquement; un autre
diroit que la nouvelle lune ramène les
jeux; et d'ailleurs c'est comme si le jour
de Pâques quelqu'un disoit : N'est ce pas
aujourd'hui Pâques? *La-Bruyère.* Quoique
la version adoptée par La Bruyère soit
celle de Cassaubon, j'observerai que le mot
la néoménie, que ce savant critique traduit par *la nouvelle lune*, n'est que le
simple nom du premier jour du mois, où
il y avoit un grand marché à Athènes et
où l'on payoit les intérêts de l'argent *).
Il ne s'agit pas non plus de jeux, puisqu'il n'y en avoit pas tous les premiers
du mois. Selon plusieurs gloses anciennes,
rapportées par Henri Estienne, le même
mot a aussi toutes les significations du
mot latin *forum*. Cette phrase peut donc
être traduite ainsi: ,,le *forum* célèbre-t-il
,,aujourd'hui la néoménie? c'est-à-dire,
,,est-ce aujourd'hui le premier du mois et

*) Voyez Aristoph. Vesp. 171, et Schol. et
Nub., acte 4, scène 8.

„le jour du marché?" Le ridicule n'est pas dans l'expression, mais en partie dans ce que le campagnard demande à un homme qu'il rencontre une chose dont il doit être sûr avant de se mettre en route, et sur-tout dans ce qui suit.

9 Au lieu de „D'autres fois, etc." le texte porte, „Et il dit sur le champ qu'il „va en ville pour se faire raser." Il ne fait donc cette toilette que le premier jour de chaque mois, en se rendant au marché. Il y a un trait semblable dans les Acharnéens d'Aristophane, v. 998; et Suidas le cite et l'explique en parlant de la néoménie. Du temps de Théophraste, les Athéniens élégants paroissent avoir porté les cheveux et la barbe d'une longueur moyenne, qui devoit être toujours la même, et on les faisoit par conséquent couper très-souvent *). C'étoit donc une rusticité de laisser croître les cheveux et la barbe pendant un mois: et cette mal-propreté suppose de plus le ridicule, reproché dans le chap. 10, à l'avare, de se faire raser ensuite jusqu'à la peau, afin que les cheveux ne dépassent pas de sitôt la juste mesure. Le buste de Théophraste qu'on a représenté à la tête de ce volume offre un exemple de la coupe élégante des cheveux et de la barbe. J'observerai, à cette oc-

---

*) Voyez chap. 26, note 6, et le chap. 5 ci-après.

casion, que se buste a été indiqué comme
le plus authentique de tous les portraits
de ce philosophe, par le citoyen Visconti.
Ce savant et célèbre antiquaire a vérifié
sur les lieux, que, quoi qu'en dise Bottari
dans le Musée capitolin, la tête de ce
marbre appartient véritablement à la gaîne
sur laquelle se trouve l'inscription antique
qui porte le nom de Théophraste et celui
de son père. C'est d'après ce marbre,
placé en dernier lieu à la ville Albani,
et dont la gravure originale se trouve dans
les *imagines illustrium* de Fulvius Ursi-
nus, par *Faber*, qu'on a reconnu les bus-
tes du Capitole et celui du chevalier Azara
pour être de Théophraste, et qu'on a mis
sur le dernier le nom de ce philosophe.

1o Fameux marchand de chairs salées,
nourriture ordinaire du peuple. *La Bruyère.* Il falloit dire, de poisson salé.

CHAPITRE V.

Du complaisant, ou de l'envie de plaire.

Pour faire une définition un peu exacte
de cette affectation que quelques uns ont
de plaire à tout le monde, il faut dire que
c'est une manière de vivre où l'on cherche
beaucoup moins ce qui est vertueux et
honnête, que ce qui est agréable 1. Celui

qui a cette passion, d'aussi loin qu'il
aperçoit un homme dans la place, le salue
en s'écriant, Voilà ce qu'on appelle un
homme de bien; l'aborde, l'admire sur
les moindres choses, le retient avec ses
deux mains de peur qu'il ne lui échappe;
et après avoir fait quelques pas avec lui,
il lui demande avec empressement quel
jour on pourra le voir, et enfin ne s'en
sépare qu'en lui donnant mille éloges. Si
quelqu'un le choisit pour arbitre dans un
procès, il ne doit pas attendre de lui qu'il
lui soit plus favorable qu'à son adversaire
2 : comme il veut plaire a tous deux, il
les ménagera également. C'est dans cette
vue que, pour se concilier tous les étrangers qui sont dans la ville, il leur dit
quelquefois qu'il leur trouve plus de raison
et d'équité que dans ses concitoyens. S'il
est prié d'un repas, il demande en entrant
à celui qui l'a convié où sont ses enfants;
et dès qu'ils paroissent, il se récrie sur la
ressemblance qu'ils ont avec leur père, et
que deux figues ne se ressemblent pas
mieux; il les fait approcher de lui, il les
baise; et les ayant fait asseoir à ses deux
côtés, il badine avec eux : A qui est,
dit-il, la petite bouteille? à qui est la
jolie cognée 3? Il les prend ensuite sur
lui, les laisse dormir sur son estomac,
quoiqu'il en soit incommodé. Celui enfin
qui veut plaire se fait raser souvent, a un
fort grand soin de ses dents, change tous

les jours d'habits et les quitte presque tout
neufs: il ne sort point en public qu'il ne
soit parfumé 4. On ne le voit guère dans
les salles publiques qu'auprès des comptoirs
des banquiers 5; et, dans les écoles,
qu'aux endroits seulement où s'exercent les
jeunes gens 6; ainsi qu'au théâtre, les
jours de spectacle, que dans les meilleures
places et tout proche des préteurs 7. Ces
gens encore n'achètent jamais rien pour
eux; mais ils envoient à Byzance toute
sorte de bijoux précieux, des chiens de
Sparte à Cyzique 8. et à Rhodes l'excellent miel du mont Hymette; et ils prennent
soin que toute la ville soit informée qu'ils
font ces emplettes. Leur maison est toujours remplie de mille choses curieuses
qui font plaisir à voir, ou que l'on peut
donner, comme des singes et des satyres
9 qu'ils savent nourir, des pigeons de
Sicile, des dés qu'ils font faire d'os de
chèvres 10, des fioles pour des parfums
11, des cannes torses que l'on fait à
Sparte, et des tapis de Perse à personnages.
Ils ont chez eux jusques à un jeu de paume,
et une arène propre à s'exercer à la lutte
12; et s'ils se promènent par la ville, et
qu'ils rencontrent en leur chemin des philosophes, des sophistes 13, des escrimeurs
ou des musiciens, ils leur offrent leur
maison 14 pour s'y exercer chacun dans son
art indifféremment: ils se trouvent présents
à ces exercices; et se mêlant avec ceux

qui vrennent là pour regarder : A qui croy-
ez-vous qu'appartienne une si belle maison
et cette arène si commode? Vous voyez,
ajoutent-ils en leur montrant quelque homme
puissant de la ville, celui qui en est le
maître, et qui en peut disposer 15.

---

1 D'après Aristote, le complaisant se
distingue du flatteur en ce que la premier a
un but intéressé, tandis que le second vit
entièrement pour les autres; loue tout pour
le simple plaisir de louer, et ne demande
que d'etre agréable à ceux avec lesquels il
vit. Caractère auquel on ne peut faire d'autre
reproche que ce que Théophraste a dit quelque part des honneurs et des places, qu'il
ne faut point les briguer par un commerce
agréable, mais par une conduite vertueuse.
Il en est de même de la véritable amitié.
Quelques critiques ont cru que la seconde
moitié de ce chapitre appartenoit à un autre
caractère; mais il ne s'y trouve aucun trait
qui ne convienne pas parfaitement à un homme qui veut plaire à tout le monde, en tout
et partout: autre définition de l'envie de
plaire, selon Aristote.
2 Chaque partie étoit représentée ou as-
sistée par un arbitre, ceux ci s'adjoignoient
un arbitre commun: le complaisant, étant

au nombre des premiers, se conduit comme s'il étoit l'arbitre commun[4]).

3 Petits jouets que le Grecs pendoient au cou de leurs enfants. *La Bruyère*, Le citoyen Visconti a expliqué dans le volume 3 de son Museo Pio Clementino, planche 92, une statue antique d'un petit enfant qui porte une écharpe toute composée de jouets de ce genre, qui paroissent être en partie symboliques. La hache s'y trouve très distinctement, et l'éditeur croit qu'elle est relative au culte des Cabires. Le même savant pense que l'outre dont il est question ici peut être un symbole bachique. Cependant, comme legrec dit seulement, il joue avec eux en disant *outre*, *hache*; il est possible aussi que ce fussent des mots usités dans quelque jeu, dont cependant je ne trouve aucune trace dans les savants traités sur cette matière rassemblés dans le septième volume du Trésor de Gronovius.

4 Le grec porte: ,,Il s'oint avec des parfums précieux." Il paroit qu'on ne se servoit ordinairement que d'huile pure, ou plus légérement parfumée que l'espèce dont il est question ici. Cette opération avoit lieu surtout au sortir du bain, dont les anciens faisoient, comme on sait, un usage extrémement fréquent; elle consistoit à se faire frotter tout le corps avec ces matières grasses.

*) V. Dem. c Neaer., édit R. t. 1, p. 1360; et Anach. c. 16.

et servoit, selon l'expression du scoliaste d'Aristophane, ad Plut. 616, à fermer à l'entrée de l'air les pores ouverts par la chaleur.

5 C'étoit l'endroit où s'assembloient les plus honnêtes gens de le ville. *La Bruyère.* Le grec porte: „dans la place publique, etc." Les Athéniens faisoient faire presque toutes leurs affaires par leurs banquiers *).

6 Pour être connu d'eux et en être regardé, ainsi que de tous ceux qui s'y trouvoient. *La Bruyère.* Théophraste parle des gymnases, qui étoient de vastes édifices entourés de jardins et de bois sacrés, et dont la première cour étoit entourée de portiques et de salles garnies de siéges où les philosophes, les rhéteurs et les sophistes rassembloient leurs disciples. Il paroit que tous les gens-bien élevés ne cessoient de fréquenter ces établissements, dont les plus importans étoient l'Académie, le Lycée, et le Cynosarge *).

7 Le texte grec dit: „Des stratèges," ou généraux. C'étoient dix magistrats, dont l'un devoit commander les armées en temps de guerre; mais il paroit que déjà, du temps de Démosthène, ils n'avoient presque plus

*) Voyez Saumaise de Usuris, et Boettiger dans le Mercure allemand du mois de janvier 1802.

**) Voyez chap. 8 du Voyage du jeune Anach.

d'autres fonctions que de représenter dans
les cérémonies publiques *).

8 D'après Aristote, cette race des meilleurs chiens de chasse de la Grèce provenoit
de l'accouplement de cet animal et du renard.
Byzance, devenue depuis Constantinople,
étoit déjà une ville importante du temps de
Théophraste. Cyzique éroit un port de la
Mysie, sur la Propontide.

9 Une espèce de singes *La Bruyère*. Des
singes à courte queue, disent les scoliastes
de ce passage.

10 Vraisemblablement d'os de gazelles de
Libye comme ceux dont parle Lucien **).
Des dés d'os de chèvres ne vaudroient pas
la peine d'être cités.

11 Littéralement, ,,des flacons bombés"
,,de Thurium," ou d'après une autre leçon
,,de Tyr," ou plutôt ,,de sable tyrien," c'est-
à-dire de verre, pour la fabrication duque
on se servoit alors de ce sable exclusivement,
ce qui donnoit une trés grande valeur à cette
matière. On ne connoit aucune fabrique
célèbre de vases dans les différentes villes
qui portèrent le nom de Thurium. Ce ne fut
que du temps des Romains que les ustensi-

*) Voyez l'ouvrage que je viens de citer,
eh. 10.
**) IN AMORIB. lib. I

les de verre cessèrent d'être chers, et qu'on put les avoir à un prix très-bas *).

12 Le grec dit: ,,Ils ont chez eux une petite ,,cour en forme de palestre, renfermant une ,,arène et un jeu de paume." Les palestres étoient en petit ce que les gymnases étoient en grand.

13 Une sorte de philocopes vains et intéressés. *La Bruyère.* A la fois philosophes et rhéteurs, ils instruisoient les jeunes gens par leurs leçons chèrement payées, et amusoient le public par des déclamations et des dissertations solennelles.

14 Leur palestre,

15 Chaque interprète a sa conjecture particulière sur ce passage altéré ou elliptique. Je propose de mettre simplement le dernier pronom au pluriel, et de traduire, au lieu de ,,ils se trouvent présents, etc." ,,ensuite ,,dans les représentations ils disent à leur ,,voisin, en parlant des spectateurs, *La palestre est à eux."* De cette manière ce trait rentre entièrement dans le caractère du complaisant, tel qu'il est défini par Aristote.

---

*) V. Strab., I. XVI, suivant la correction certaine de Casaubon. Cette note m'a été communiquée par le cit. VISCONTI.

CHAPITRE VI.

De L'image d'un cöquin[1].

Un coquin est celui à qui les choses les
plus honteuses ne coûtent rien à dire ou à
faire; qui jure volontiers, et fait des serments en justice autant qu'on lui en demande!
qui est perdu de réputation; que l'on outrage-
impunément; qui est un chicaneur 2 de
profession, ou effronté, et qui se mêle de
toutes sortes d'affaires, Un homme de ce
caractère entre sans masque dans une danse
comique 3, et même sans être ivre; mais
de sang froid il se distingue dans la danse
la plus obscène 4 par les postures les plus
indécentes; c'est lui qui, dans ces lieux où
l'on voit des prestiges 5, s'ingère de recueillir l'argent de chacun des spectateurs,
et qui fait querelle à ceux qui, étant entrés
par billets, croient ne devoir rien payer 6.
Il est d'ailleurs de tous métiers; tantôt il
tient une taverne, tantôt il est suppôt de
quelque lieu infâme, une autre fois partisans 7: il n'y a point de si sale commerce
où il ne soit capable d'entrer. Vous le verrez aujour-d'hui crieur public, demain cuisinier ou brelandier 8: tout lui est propre.
S'il a une mère, il la laisse mourir de faim 9:
il est sujet au larcin, et a se voir trainer
par la ville dans une prison, sa demeure

ordinaire, et où il passe une partie de sa
vie. Ce sont ces sortes de gens que l'on voit
se faire entourer du peuple, appeler ceux
qui passent, et se plaindre à eux avec une
voix forte et enrouée, insulter ceux qui les
contredisent. Les uns fendent la presse pour
les voir, pendant que les autres, contents
de les avoir vus, se dégagent et poursuivent
leur chemin sans vouloir les écouter : mais
ces effrontés continuent de parler : ils disent
à celui-ci le commencement d'un fait, quelque mot à cet autre, à peine peut-on tirer
d'eux la moindre partie de ce dont il s'a-
git 10, et vous remarquerez qu'ils choisis-
sent pour cela des ours d'assemblée publique, où il y a un grand concours de monde,
qui se trouve le témoin de leur insolence.
Toujours accablés de procès que l'on intente
contre eux, ou qu'ils ont intentés à d'autres,
de ceux dont ils se délivrent par de faux
serments, comme de ceux qui les obligent
de comparoître, ils n'oublient jamais de porter
leur boîte 11 dans leur sein, et une liasse de
papiers entre leurs mains : vous les voyez
dominer parmi de vils praticiens 12, à qui ils
prêtent à usure, retirant chaque jour une obole et demie de chaque drachme 13 ; ensuite
fréquenter les tavernes, parcourir les lieux où
l'on débite le poisson frais ou salé, et con-
sumer ainsi en bonne chère tout le profit
qu'ils tirent de cette espèce de trafic. En
un mot, ils sont querelleurs et difficiles,

sans cesse la bouche ouverte à la ca-
nie, ont une voix étourdissante, et
ils font retentir dans les marchés et
ns les boutiques.

---

1 *De l'effronterie.*

2 Le mot grec employé ici, et qui se
retrouve encore à la fin du chapitre, signifie un homme qui se tient toujours sur le
marché, et qui cherche à gagner de l'argent, soit par des dénonciations ou de
eaux témoignages dans les tribunaux, soit
en achetant des denrées pour les revendre,
métier odieux chez les anciens *).

3 Sur le théâtre avec des farceurs. *La
Bruyère.*

4 Cette danse, la plus déréglée de toutes, s'appeloit en grec *cordax*, parce que
l'on s'y servoit d'une corde pour faire des
postures. *La Bruyère.* Cette étymologie
est inadmissible, car le terme grec d'où
nous vient le mot de corde commence par
une autre lettre que le mot cordax, et ne
s'emploie que pour des cordes de boyau,
telles que celles de la lyre et de l'arc.
Casaubon n'a cru que le cordax se dansoit
avec une corde, que parce que Aristophane dit quelque part „*cordacem trahere,*"
et peut-être parce qu'il se rappeloit que
dans les Adelphes de Térence, act. IV,

*) Voyez les notes de Duport sur ce passage.

sc. 7, Demea demande „*tu inter eas*
„*restim ductans saltabis?*" Mais quoique
dans cette phrase la corde soit expressé-
ment nommée, Donatus pense qu'il n'y
est question que de se donner la main;
et c'est aussi tout ce qu'on peut conclure
de l'expression d'Aristophane au sujet du
cordax. Le citoyen Visconti, auquel je
dois cette observation, s'en sert dans un
mémoire inédit sur le bas-relief des dan-
seuses de la villa Borghese pour éclaircir
le passage célèbre de Tite-Live, l. 27,
ch. 37, où, en parlant d'une danse sacrée, cet auteur se sert de l'expression
„*restim dare.*"

5 Choses fort extraordinaires, telles
qu'on en voit dans nos foires. *La Bruyère.*

6 Le citoyen Coray a observé avec raison qu'il faut ajouter une négation à cette
phrase. Je traduis: „à ceux qui n'ont
„point de billet, et veulent jouir du spec-
„tacle gratis." Il est question ici de farces
jouées en pleine rue, et dont par conséquent, sans la précaution de distribuer des
billets à ceux qui ont payé, et d'employer
quelqu'un à quereller ceux qui n'ent ont
pas, tout le monde peut jouir. Cette observation, qui n'avoit pas encore été faite,
contredit l'induction que le savant auteur
du Voyage du jeune Anacharsis a tirée
de ce passage dans le chap. 70 de cet ouvrage.

7 La Bruyère désigne ordinairement par ce mot les riches financiers; ici il n'est question que d'un simple commis au port, ou de quelque autre employé subalterne de la ferme d'Athènes.

8 Joueur de dés. Aristote donne une raison assez délicate du mal qu'il trouve dans un jeu intéressé: ,,On y gagne, dit-,,il, l'argent de ses amis, envers lesquels ,,on doit au contraire se conduire avec ,,générosité."

9 La loi de Solon, qui n'étoit en cela que la sanction de la loi de la nature et du sentiment, ordonnoit de nourrir ses parents sous peine d'infamie.

10 Cette circonstance est ajouté par La Bruyère; Théophraste ne parle que de l'impudence qu'il y a à continuer une harangue dans les rues, quoique personne n'y fasse attention, et que chaque phrase s'adresse à un public différent.

11 Une petite boîte de cuivre fort légère, où les plaideurs mettoient leurs titres et les pièces de leurs procès. *La Bruyère.* C'étoit au contraire un grand vase de cuivre ou de terre cuite, placé sur la table des juges pour y déposer les pièces qu'on leur soumettoit; et Théophraste ne se sert ici de ce terme que pour plaisanter sur l'énorme

quantité de papiers dont se chargent ces chicaneurs *).

12 Ici le mot grec dont j'ai déjà parlé dans la note 2 ne peut avoir d'autre signification que celle de petits marchands de comestibles auxquels l'effronté prête de l'argent, et chez lesquels il va ensuite en retirer les intérêts en mettant cet argent dans la bouche comme c'étoit l'usage parmi le bas peuple d'Athènes. Casaubon avoit fait sur ce dernier point une note aussi juste qu'érudite, et La Bruyère n'auroit pas dû s'écarter de l'explication de ce savant.

13 Une obole étoit la sixième partie d'une drachme. *La Bruyère.* L'effronté prend donc un quart du capital par jour **).

CHAPITRE VII.

Du grand parleur.

Ce que quelques uns appellent *babil* est proprement une intempérance de langue qui ne permet pas à un homme de se taire 2. Vous ne contez pas la chose comme elle est, dira quelqu'un de ces grands parleurs

*) Voyez le scol. d'Aristophane, Vesp. 1714, et la scolie sur ce passage de Théophraste donnée par Fischer.
**) Voyez sur l'usure d'Athènes le Voyage du jeune Anacharsis, chap. 55.

à quiconque veut l'entretenir de quelque
affaire que ce soit : j'ai tout su : et si vous
vous donnez la patience de m'écouter, je
vous apprendrai tout. Et si cet autre continue de parler, Vous avez déjà dit cela
3. songez, poursuit-il, à ne rien oublier.
Fort bien ; cela est ainsi, car vous m'avez
heureusement remis dans le fait ; voyez ce
que c'est que de s'entendre les uns les
autres. Et ensuite : Mais que veux-je dire ?
ah ! j'oubliois une chose : oui, c'est cela
même, et je voulois voir si vous tomberiez
juste dans tout ce que j'en ai appris. C'est
par de telles ou semblables interruptions
qu'il ne donne pas le loisir à celui qui lui
parle de respirer. Et lorsqu'il a comme
assassiné de son *babil* chacun de ceux qui
ont voulu lier avec lui quelque entretien,
il va se jeter dans un cercle de personnes
graves qui traitent ensemble de choses sé-
rieuses, et les met en fuite. De-là il entre
dans les écoles publiques et dans les lieux
des exercices 4, où il amuse les maîtres
par de vains discours, et empêche la jeunesse de profiter de leurs leçons. S'il é-
chappe à quelqu'un de dire Je m'en vais,
celui-ci se met à le suivre, et il ne l'a-
bandonne point qu'il ne l'ait remis jusques
dans sa maison 5. Si par hasard il a appris ce qui aura été dit dans une assemblée
de ville, il court dans le même temps le
divulguer. Il s'étend merveilleusement sur
la fameuse bataille qui s'est donnée sous

le gouvernement de l'orateur Aristophon
6, comme sur le combat célèbre que ceux
de Lacédémone ont livré aux Athéniens
sous la conduite de Lysandre 7. Il raconte
une autre fois quels applaudissements a
eus un discours qu'il a fait dans le public,
en répète une grande partie, mêle dans ce
récit ennuyeux des invectives contre le peuple; pendant que de ceux qui l'écoutent
les uns s'endorment, les autres le quittent,
et que nul ne se ressouvient d'un seul mot
qu'il aura dit. Un grand causeur, en un
mot, s'il est sur les tribunaux, ne laisse
pas la liberté de juger; il ne permet pas
que l'on mange à table; et s'il se trouve
au théâtre, il empêche non seulement d'entendre, mais même de voir les acteurs 8.
On lui fait avouer ingénument qu'il ne lui
est pas possible de se taire, qu'il faut que
sa langue se remue dans son palais comme
le poisson dans l'eau; et que quand on
l'accuseroit d'être plus *babillard* qu'une
hirondelle, il faut qu'il parle: aussi écoute-
t-il froidement toutes les railleries que l'on
fait de lui sur ce sujet; et jusques à ses
propres enfants, s'ils commencent à s'aban-
donner au sommeil, Faites-nous, lui disent-
ils, un conte qui achève de nous endormir 9.

---

1 Ou du Babil. *La Bruyère*. On pourroit
intituler ce caractère, *de la loquacité*. Il
se distingue du car. 3 par un babil moins

insignifiant, mais plus importun. M. Barthelemy a inséré ce caractère à la suite de
l'autre dans son chap. 28 du Voyage d'A-
nacharsis.

2 Littéralement, „La loquacité, si l'on
„vouloit la définir, pourroit être appellé
une intempérance de paroles."

3 Je crois qu'il faut traduire, „Avez-
„vous fini? n'oubliez pas votre propos,
„etc." M. Barthelemy rend ainsi ce passage:
„Oui, je sais de quoi il s'agit, je pourrois
„vous le raconter au long. Continuez,
„n'omettez aucune circonstance. Fort bien,
„vous y êtes; c'est cela même. Voyez
„combien il étoit nécessaire d'en conférer
„ensemble."

4 C'étoit un crime puni de mort à Athènes par une loi de Solon, à laquelle on
avoit un peu dérogé du temps de Théophraste. *La Bruyère*. Il paroit que cette
loi n'étoit relative qu'au temps où l'on
célébroit dans ces gymnases une fête à
Mercure, pendant laquelle la jeunesse étoit
moins surveillée qu'à l'ordinaire *).

5 „,..... Miseré cupis, inquit, abire,
„Jamdudum video: sed nil agis; usque
„tenebo, Persequar.........,
„Nil habeo quod agam, et non sum piger;
„usque sequar te,"dit l'importun d'Horace

*) Voyez le Voyage du jeune Anacharsis,
c. VIII, et le chap. 5 de ces caractères,
note 6.

dans la neuvième satire du premier livre,
qui mérite d'être comparée avec ce caractère.

6 C'est-à-dire sur la bataille d'Arbelles
et la victoire d'Alexandre, suivies de la
mort de Darius, dont les nouvelles vin-
rent à Athènes lorsqu'Aristophon, célèbre
orateur, étoit premier magistrat. *La Bru-*
yère. Ce n'étoit pas une raison suffisante
pour dire que cette bataille avoit été li-
vrée sous l'archontant d'Aristophon. Paul-
mier de Grentemesnil a cru qu'il étoit
question de la bataille des Lacédémoniens
sous Agis, contre les Macédoniens com-
mandés par Antipater; mais il n'a pas
fait attention que dans ce cas Théophraste
n'auroit pas ajouté les mots ,,*de ceux de*
,,*Lacedemone*'' au trait suivant seulement.
Je crois avec Corsini qu'il faut traduire
,,su. le combat de l'orateur, c'est-à-dire
,,de Démosthène, arriv. sous Aristophon.''
C'est la fameuse discussion *sur la couronne*
que Démosthène croyoit mériter, et qu'Es-
chine lui disputoit. Ce Combat, qui ras-
sembla toute la Grèce à Athènes, étoit
un sujet de conversation au moins aussi
intéressant pour un habitant de cette ville
que la bataille d'Arbelles, et il fut livré
précisément sous l'archontat d'Aristophon.

7 Il étoit plus ancien que la bataille
d'Arbelles, mais trivial et su de tout le
peuple. *La Bruyère.* C'est la bataille qui

termina la guerre du Péloponèse l'an 4
de la quatre vingt-treizième olympiade.

8 Le grec dit simplement, ,,Il vous em-
,,pêche de jouir du spectacle.''

9 Le texte porte, ,,Et il permet que
,,ses enfants l'empêchent de se livrer au
,,sommeil, en le priant de leur raconter
,,quelque chose pour les endormir.''

CHAPITRE VIII.

Du débit des nouvelles. 1.

Un nouvelliste, ou un conteur de fables,
est un homme qui arrange, selon son ca-
price, des discours et des faits remplis de
fausseté; qui, lorsqu'il rencontre l'un de
ses amis, compose son visage; et lui souriant, D'où venez-vous ainsi? lui dit-il:
que nous direz-vous de bon? n'y a-t-il
rien de nouveau? Et continuant de l'in-
terroger, Quoi donc! n'y a-t-il aucune
nouvelle 2? cependant il y a des choses
étonnantes à raconter. Et sans lui donner
le loisir de lui répondre, Que dites-vous
donc? poursuit-il: n'avez vous rien entendu par la ville? Je vois bien que vous
ne savez rien, et que je vais vous régaler
de grandes nouveautés. Alors, ou c'est un
soldat, ou le fils d'Astée le joueur de flûte
3, ou Lycon l'ingénieur, tous gens qui

arrivent fraichement de l'armée 4, de qui
il sait toutes choses; car il allègue pour
témoins de ce qu'il avance des hommes obscurs qu'on ne peut trouver pour le convaincre
de fausseté 5: il assure donc que ces personnes
lui ont dit que le roi 6 et Polysperchon 7 ont
gagné la bataille, et que Cassandra, leur
ennemi, est tombé vif entre leurs mains
8. Et lorsque quelqu'un lui dit, Mais en
vérité cela est-il croyable? il lui réplique
que cette nouvelle se crie et se répand par
toute la ville, que tous s'accordent à dire
la même chose, que c'est tout ce qui se
raconte du combat 9, et qu'il a eu un
grand carnage. Il ajoute qu'il a lu cet
événement sur le visage de ceux qui gou-
vernent 10: qu'il y a un homme caché
chez l'un de ces magistrats depuis cinq
jours entiers, qui revient de la Macédoine,
qui a tout vu, et qui lui a tout dit. Ensuite, interrompant le fil de sa narration:
Que pensez vous de ce succès? demande-
t-il à ceux qui l'écoutent 11. Pauvre Cassandre! malheureux prince! s'écrie-t-il
d'une manière touchante: voyez ce que
c'est que la fortune; car enfin Cassandre
étoit puissant, et il avoit avec lui de
grandes 12. Ce que je vous dis, poursuit il,
est un secret qu'il faut garder pour vous seul,
pendant qu'il court par toute la ville le debiter
à qui le veut entendre. Je vous avoue
que ces diseurs de nouvelles me donnent

de l'admiration 13, et que je ne conçois
pas quelle est la fin qu'ils se proposent:
car, pour ne rien dire de la bassesse qu'il
y a à toujours mentir, je ne vois pas
qu'ils puissent recueillir le moindre fruit
de cette pratique; au contraire, [il est
arrivé à quelques uns de se laisser voler
leurs habits dans un bain public, pendant qu'ils ne songeoient qu'à rassembler
autour d'eux une foule de peuple, et à
lui conter des nouvelles. Quelques autres,
après avoir vaincu sur mer et sur terre
dans le Portique 14, ont payé l'amende
pour n'avoir pas comparu à une cause
appellée. Enfin, il s'en est trouvé qui,
le jour même qu'ils ont pris une ville,
du moins par leurs beaux discours, ont
manqué de diner 15. Je ne crois pas qu'il
y ait rien de si misérable que la condition de ces personnes: car quelle est la
boutique, quel est le portique, quel est
l'endroit d'un marché public où ils ne
passent tout le jour à rendre sourds ceux
qui les écoutent, ou à les fatiguer par
leurs mensonges ?

───────────

1 Théophraste désigne ici par un seul
mot *l'habitude de forger de fausses nouvelles.* M. Barthelemy a imité une partie
de ce caractère à la suite de ceux sur lesquels j'ai déjà fait la même remarque.

2 Littéralement, „et il l'interrompra en „lui demandant, Comment! on ne dit donc „rien de plus nouveau?"

3 L'usage de la flûte, très-ancien dans les troupes. *La Bruyère.*

4 Le grec porte „qui arrivent de la ba- „taille même."

5 Je crois avec le citoyen Coray qu'il faut traduire, „car il a soin de choisir des „autorités que personne ne puisse récuser."

6 Arrhidée, frère d'Alexandre-le-Grand. *La Bruyère.*

8 C'étoit un faux bruit; et Cassandre, fils d'Antipater, disputant à Arrhidée et à Polysperchon la tutelle des enfants d'Alexandre, avoit eu de l'avantage sur eux. *La Bruyère.* D'après le titre et l'esprit de ce caractère, il n'y est pas question de faux bruits, mais de nouvelles fabriquées à plaisir par celui qui les débite.

9 Plus littéralement, „que le bruit s'en „est répandu dans toute la ville, qu'il prend „de la consistance, que tout s'accorde, et „que tout le monde donne les mêmes dé- „tails sur le combat."

10 Le texte ajoute, „qui en sont tout „changés." Cassandre favorisoit le gouvernement aristocratique établi à Athènes par son père; Polysperchon protégeoit le parti démocratique *).

*) Voyez la note 17 du Discours sur Théophraste.

11 Au lieu de, ,,Ensuite, etc." le grec porte. ,,Et, ce qui est à peine croyable, ,,en racontant tout cela, il fait les lamen-,,tations les plus naturelles et les plus per-,,suasives."

12 La réflexion ,,car enfin, etc." est tirée de quelques mots grecs dont on n'a pas encore donné une explication satisfaisante, et qui me paroissent signifier tout autre chose. Le nouvelliste a débité jusqu'à présent son conte comme un bruit public, et dans la phrase suivante il en fait un secret: cette variation à besoin d'une transition; et il me paroît que ce passage, qui signifie littera-lement ,,mais alors étant devenu fort," est relatif au conteur, et veut dire ,,mais ayant fini par se faire croire." On sait qu'en grec le verbe dérivé de l'adjectif qu'emploie ici Théophraste signifie au propre *je m'ej force*, et au figuré *j'assure, j'atteste*.

13 ,,M'étonnent."

14 Voyez le chapitre de la Flatterie. *La Bruyère*, chap. 2, note 1.

15 Plus littéralement, ,,qui ont manqué ,,leur dîner en prenant quelques villes d'as-,,saut," c'est-à-dire, qui pour avoir fait de ces contes sont venus trop tard au dîner auquel ils devoient se rendre.

CHAPITRE IX.

De l'effronterie causée par l'avarice 1.

Pour faire connoître ce vice, il faut dire que c'est un mépris de l'honneur dans la vue d'un vil intéret. Un homme que l'avarice rend effronté ose emprunter une somme d'argent à celui à qui il en doit déjà, et qu'il lui retient avec injustice 2. Le jour même qu'il aura sacrifié aux dieux, au lieu de manger religieusement chez soi une partie des viandes consacrées 3, il les fait saler pour lui servir dans plusieurs répas, et va souper chez l'un de ses amis; et là à table, à la vue de tout le monde, il appelle son valet, qu'il veut encore nourrir aux dépens de son hôte; et lui coupant un morceau de viande qu'il met sur un quartier de pain, Tenez, mon ami, lui dit-il, faites bonne chère 4. Il va lui-même au marché acheter des viandes cuites 5; et avant que de convenir du prix, pour avoir une meilleure composition du marchand il le fait ressouvenir qu'il lui a autrefois rendu service. Il fait ensuite peser ces viandes, et il en entasse le plus qu'il peut: s'il en est empêché par celui qui les lui vend, il jette du moins quelques os dans la balance: si elle peut tout contenir, il est satis-

fait ; sinon, il ramasse sur la table des
morceaux de rebut, comme pour se dédom-
mager, sourit, et s'en va. Une autre fois,
sur l'argent qu'il aura reçu de quelques
étrangers pour leur louer des places au
théâtre, il trouve le secret d'avoir sa part
franche du spectacle, et d'y envoyer 6 le
lendemain ses enfants et leur précepteur 7.
Tout lui fait envie, il veut profiter des
bons marchés, et demande hardiment au
premier venu une chose qu'il ne vient que
d'acheter. Se trouve-t-il dans une maison
étrangère, il emprunte jusques à l'orge et
à la paille 8; encore faut-il que celui qui
les lui prête fasse les frais de les faire porter jusques chez lui. Cet effronté, en un
mot, entre sans payer dans un bain public,
et là, en présence du baigneur, qui crie
inutilement contre lui, prenant le premier
vase qu'il rencontre, il le plonge dans une
cuve d'airain qui est remplie d'eau , se la
répand sur tout le corps 9. „Me voilà la-
„vé, ajoute-t-il, autant que j'en ai besoin,
„et sans en avoir obligation à personne;"
remet sa robe, et disparoit.

---

1. Le mot grec ne signifie proprement
que l'impudence, et Aristote ne lui donne
pas d'autre sens ; mais Platon le définit
comme Théophraste *).

*) Voyez les notes de Casaubon.

2 On pourroit traduire plus exactement ,,à celui auquel il en a déjà fait perdre,‘‘ ou, d'après la traduction du citoyen Le- vesque, ,,à celui qu'il a déjà trompé.‘‘

3 C'étoit la coutume des Grecs. V. le chap. du Contre-temps. *La Bruyère.* On verra dans les chap. 12, note 4, que non seulement ,,on mangeoit chez soi une partie ,,des viandes consacrées,‘‘ mots que la Bruyère a insérés dans le texte, mais qu'il étoit même d'usage d'inviter ce jour-là ses amis, ou de leur envoyer une portion de la victime.

4 Dans les temps du luxe excessif de Rome, la conduite que Théophraste traite ici d'impudence auroit été très modeste; car alors, dans les grands dîners, on fai- soit emporter beaucoup de choses par son esclave, soit sur les instances du maître, soit aussi sans en être prié. Mais les sa- vants qui ont cru voir cette coutume dans notre auteur me paroissent avoir confondu les temps et les lieux. Du temps d'Aris- tophane, c'est-à-dire, environ un siecle avant Théophraste, c'étoient même les convives qui apportoient la plus grande partie des mets avec eux; et celui qui donnoit le re- pas ne fournissoit que le local, les orne- ments et les hors-d'oeuvre, et faisoit venir des courtisanes *).

---

*) Voyez Aristoph. Acharn. v. 1085 et suiv., et le scol.

Comme le menu peuple, qui achetoit son souper chez le charcutier. *La Bruyè-re.* Le grec ne dit pas des viandes cuites, et la satire ne porte que sur la conduite ridicule que tient cet homme envers son boucher.

6 Le grec dit, d'y conduire.

7 Leur pédagogue. C'étoit, comme dit M. Barthelemy, chap. 25, un esclave de confiance chargé de suivre l'enfant en tous lieux, et sur-tout chez ses différents maîtres. On peut voir aussi à ce sujet le bas-relief représentant la mort de Niobé et de ses enfants au musée *Pio Clementin*, t. 4, pl. 17, et l'explication que le citoyen Visconti en a donnée.

Les spectacles n'avoient lieu à Athènes qu'aux trois fêtes de Bacchus, et sur-tout aux grandes Dionysiaques, où des curieux de toute la Grèce affluoient à Athènes; et l'on sait qu'anciennement les étrangers logeoient ordinairement chez des particuliers avec lesquels ils avoient quelque liaison d'affaires ou d'amitié.

8 Plus littéralement, ,,Il va dans une ,,maison étrangère pour emprunter de l'or- ,,ge ou de la paille, et force encore ceux ,,qui lui prêtent ces objets à les porter ,,chez lui "

9 Les plus pauvres se lavoient ainsi pour payer moins. *La Bruyère.*

CHAPITRE X.

De l'épargne sordide.

Cette espèce d'avarice est dans les hommes une passion de vouloir ménager les plus petites choses sans aucune fin honnête 1. C'est dans cet esprit que quelques uns, recevant tous les mois le loyer de leur maison, ne négligent pas d'aller eux-mêmes demander la moitié d'une obole qui manquoit au dernier paiement qu'on leur a fait 2; que d'autres, faisant l'effort de donner à manger chez eux 3, ne sont occupés pendant le repas qu'à compter le nombre de fois que chacun des conviés demande à boire. Ce sont eux encore dont la portion des prémices 4 des viandes que l'on envoie sur l'autel de Diane est toujours la plus petite. Ils apprécient les choses au-dessous de ce qu'elles valent; et de quelque bon marché qu'un autre, en leur rendant compte, veuille se prévaloir, ils lui soutiennent toujours qu'il a acheté trop cher. Implacables à l'égard d'un valet qui aura laissé tomber un pot de terre, ou cassé par malheur quelque vase d'argile, ils lui déduisent cette perte sur sa nourriture : mais si leurs femmes ont perdu seulement un denier 5, il faut alors renverser toute

une maison, déranger les lits, transporter
des coffres, et chercher dans les recoins
les plus cachés. Lorsqu'ils vendent, ils
n'ont que cette unique chose en vue, qu'il
n'y ait qu'à perdre pour celui qui achète.
Il n'est permis à personne de cueillir une
figue dans leur jardin, de passer au tra-
vers de leur champ, de ramasser une petite branche de palmier 6, ou quelques
olives qui seront tombées de l'arbre.' Ils
vont tous les jours se promener sur leurs
terres, en remarquent les bornes, voient
si l'on n'y a rien changé, et si elles sont
toujours les mêmes. Ils tirent intérêt même, et ce n'est qu'à cette condition qu'ils
donnent du temps à leurs créancier: S'ils
ont invité à dîner quelques uns de leurs
amis, et qui ne sont que des personnes
du peuple 7, ils ne feignent point de leur
faire servir un simple hachis; et on les a
vus souvent aller eux-mêmes au marché
pour ces repas, y trouver tout trop cher,
et en revenir sans rien acheter. Ne prenez
pas l'habitude, disent-ils à leurs femmes,
de prêter votre sel, votre orge, votre farine, ni même du cumin 8, de la marjolaine 9, des gâteaux pour l'autel 10, du
coton 11, de la laine 12; car ces petits
détails ne laissent pas de monter, à la fin
d'une année, à une grosse somme. Ces
avares, en un mot, ont des trousseaux de
clefs rouillées dont ils ne se servent point,
des cassettes où leur argent est en dépôt,

qu'ils n'ouvrent jamais, et qu'ils laissent moisir dans un coin de leur cabinet : ils portent des habits qui leur sont trop courts et trop étroits : les plus petites fioles contiennent plus d'huile qu'il n'en faut pour les oindre 13 : ils ont la tête rasée jusqu'au cuir 14 ; se déchaussent vers le milieu du jour 15 pour épargner leurs souliers ; vont trouver les foulons pour obtenir d'eux de ne pas épargner la craie dans la laine qu'ils leur ont donnée à préparer, afin, disent-ils, que leur étoffe se tache moins 16.

---

1 Le texte grec porte simplement, ,,La ,,lésine est une épargne outrée, ou dépla- ,,cée, de la dépense."

2 Littéralement, ,,Un avare est capable ,,d'aller chez quelqu'un au bout d'un mois ,,pour réclamer une demi obole." Théophraste n'ajoute pas quelle étoit la cause et la nature de cette créance, dont le peu d'importance fait précisément le sel de ce trait : elle n'est que de six liards.

3 Dans le texte il n'est point question d'un repas que donne l'a   , mais d'un festin auquel il assiste ; et le mot grec s'applique particulièrement à ces repas de confrérie que les membres d'une même curie, c'est-à-dire, de la troisième partie de l'une des six tribus, faisoient régulièrement ensemble, soit chez un des membres de cette

association , soit dans des maisons publiques destinées à cet usage *).

4 Les Grecs commençoient par ces offrandes leurs repas publics. *La Bruyère.*
Les anciens regardoient en général comme
une impiété de manger ou de boire sans
avoir offert des prémices ou des libations
à Cérès ou à Bacchus. Mais il doit y
avoir quelque raison particulière pour laquelle ici les prémices sont adressées à Diane; et c'étoit peut-être l'usage des repas de
curies , puisqu'on sacrifioit aussi à cette
déesse en inscrivant les enfants dans ce
corps, et cela au moment oú on leur cou-
poit les cheveux. Voyez Hecychius *in voce
Kureotis.* M. Barthelemy me paroît avoir
fait une application trop générale de ce
passage dans son chap. 25 du Voyage du
jeune Anacharsis.

5 Je crois qu'il faut préférer la leçon
suivie par Politien, qui traduit „Un paigne."
Voyez Suidas cité par Needham.

6 „Une datte."

7 La Bruyere a rendu ce passage fort
inexactement; Il faut traduire : „S'il traite
„les citoyens de sa *bourgade*, il coupera
„par petits morceaux les viandes qu'il leur
sert." Les bourgades étoient une autre divi-
sion de l'Attique que celle en tribus, il y

*) Voyez la note du citoyen Coray sur le
chap. 1 de cet ouvrage; Pollux, l. VI, segm.
7 et 8; et Anacharsis, ch. 26 et 56.

en avoit 174. Les repas communs de ces différentes associations étoient d'obligation, et les collectes pour en faire les frais étoient ordonnées par les lois. Il paroit par ce passage et par le chapitre suivant, note 14, que, dans ces festins, celui chez lequel ou au nom duquel ils se donnoient étoit chargé de l'achat et de la distribution des aliments, mais qu'il étoit aurveillé de près par les convives.

8 Une sorte d'herbe *La Bruyère.*

9 Elle empêche les viandes de se corrompre, ainsi que le thym et le lauries. *La Bruyère.*

10 Faits de farine et de miel. et qui servoient aux sacrifices. *La Bruyère.*

11 Des bandelettes pour la victime, faites de fil de laine non tissus, et réunis seulement par des noeuds de distance en distance.

12 Au lieu de laine, Théophraste nomme ici encore une espéce de gâteau ou de farine qui servoit aux sacrifices; et plus haut il parle de mèches, mot que La Bruyère a omis. ou qu'il a voulu exprimer ici.

13 Voyez sur lu'sage de se frotter d'huile le caract. 5, note 4.

14 ,,Ils se font raser jusqu'à la peau." Voyez caract. 4, note 7.

15 Parce que dans cette partie du jour le froid en toute saison étoit sup   able *La Bruyère,* Il me semble que lorsqu'il s'agit d'Athènes il faut penser plutôt aux inconvéni-

ents de la chaleur qu'à ceux du froid: c'est afin
que la sueur n'use pas ses souliers.

16 C'étoit aussi parce que cet apprêt avec
de la craie, comme le pire de tous, et qui
rendoit les étoffes dures et grossières, étoit
celui qui coûroit le moins. *La Bruyère.* Il
n'est question dans le grec ni de craie ni
de laine, mais de terre à foulon et d'un
habit à faire blanchir. Voyez les notes du
citoyen Coray M. .Barthelemy observe,
dans son chap. 20, que le bas peuple
d'Athènes étoit vêtu d'un drap qui n'avoit
reçu aucune teinture, et qu'on pouvoit re-
blanchir, tandis que les riches préféroient
des draps de couleur.

CHAPITRE XI.

De l'impudent, ou de celui qui ne rougit de rien.

L'impudence [1] est facile à définir: il suffit
de dire que c'est une profession ouverte d'une
plaisanterie outrée, comme de ce qu'il y a
de plus contraire à la bienséance. Celui-là,
par exemple, est impudent, qui, voyant
venir vers lui une femme de condition, feint
dans ce moment quelque besoin pour avoir
occasion de se montrer à elle d'une manière
déshonnête [2]; qui se plait à battre des
mains au théâtre lorsque tout le monde se

tait , ou à siffler les acteurs que le autres
voient et écoutent avec plaisir: qui, couché
sur le dos 3, pendant que toute l'assemblée
garde un profond silence , fait entendre de
sales hoquets qui obligent les spectateurs
de tourner la tête et d'interrompre leur attention. Un homme de ce caractère achète
en plein marché des noix, des pommes,
toute sorte de fruits , les mange , cause de-
bout avec la fruitière , appelle par leurs
noms ceux qui passent sans presque les
connoitre , en arrête d'autres qui courent
par la place et qui ont leurs affaires 4; et
s'il voit venir quelque plaideur, il l'aborde,
le raille et le félicite sur une cause importante qu'il vient de perdre. Il va lui-même
choisir de la viande, et louer pour un souper des femmes qui jouent de la flûte 5:
et montrant à ceux qu'il rencontre ce qu'il
vient d'acheter, il les convie en riant d'en
venir manger. On le voit s'arrêter devant
la boutique d'un barbier ou d'un parfu-
meur 6, et là annoncer qu'il va faire un grand
repas et s'enivrer.

7 Si quelquefois il vend du vin , il le fait
mêler pour ses amis comme pour les autres
sans distinction. Il ne permet pas à ses
enfants d'aller à l'amphithéâtre avant que
les jeux soient commencés , et lorsque l'on
paie pour être placé , mais seulement sur
la fin du spectacle , et quand l'architecte 8
néglige les places et les donne pour rien.
Étant envoyé avec quelques autres citoyens

en ambassade, il laisse chez soi la somme
que le public lui a donnée pour faire les
frais de son voyage, et emprunte de l'argent de ses collègues : sa coutume alors est
de charger son valet de fardeaux au delà
de ce qu'il en peut porter, et de lui retran-
cher cependant de son ordinaire ; et comme
il arrive souvent qu'on fait dans les villes
des présents aux ambassadeurs, il demande
sa part pour la vendre. Vous m'achetez
toujours, dit-il au jeune esclave qui le sert
dans le bain, une mauvaise huile, et qu'on
ne peut supporter : il se sert ensuite de
l'huile d'un autre, et épargne la sienne.
Il envie à ses propres valets, qui le suivent,
la plus petite pièce de monnoie qu'ils auront
ramassée dans les rues : et il ne manque
point d'en retenir sa part avec ce mot.
Mercure est commun 9. Il fait pis, il
distribu à ses domestiqecs leurs provisions
dans une certaine mesure 10 dont le fond,
creux par-dessous s'enfonce en dedans et
s'élève comme en pyramide, et quand elle
est pleine. il la rase lui-même avec le rou-
leau le plus près qu'il peut..... 11 De même
s'il paie à quelqu'un trente mines 12 qu'il
lui doit, il fait si bien qu'il y manque quatre
drachmes 13 dont il profite. Mais, dans ces
grands repas où il faut traiter toute une
tribu 14, il fait recueillir par ceux de ses
domestiques qui ont soin de la table le reste
des viandes qui ont été servies, pour lui en

rendre compte : il seroit fâché de leur laisser
une rave à demi mangée.

———————————————————

1 Il me semble que ce caractère seroit
intitulé *de l'impertinence.* La definition
de Théophraste dit mot à mot, ,,c'est une dérision ouverte ,,et insultante.''

2 Le grec dit simplement ,.Voyant venir
,,vers lui des femmes honnétes, il est capable
,,de se retrousser et de montrer sa nudité.''
L'impertinent ne prend point de prétexte.

3 Le verbe grec employé ici signifie
,,levant la tête.'' La Bruyère paroit avoir
été induit en erreur, ainsi que l'a déjà
observé le citoyen Coray, par la traduction
de Casaubon, qui rend ce mot par ,,*resu-
pinato corpore*'' On trouvera d'autres détails sur la conduite des Athéniens au spectacle, dans le Voyage du jeune Anacharsis,
chapitre 70.

4 ,,Les vingt mille citoyens d'Athènes,
,,dit Démosthène, ne cessent de fréquenter
,,la place, occupés de leurs affaires ou de
,,celles de l'état.''

5 Il paroit que ces femmes servoient aux
plaisirs des convives par des complaisances
obscènes *).

6 Il y avoit des gens fainéants et désoc-
cupés qui s'assembloient dans leurs boutiques. *La Bruyère.*

*) Voyez Aristoph. vesp. v. 1337.

7 Les traits suivants jusqu'à la fin du
chapitre ne conviennént nullement à ce carac-
tére, et ne sont que des fragments du carac-
tére 30, *du gain sordide*, transportés ici
mal à propos, dans les copies défectueuses
et altérées par lesquelles les quinze premiers chapitres de cet ouvrage nous ont eté transmis. Voyes la note 1 du chap 16. On trouvera
une traduction plus exacte de ces traits au
chap. 30, où ils se trouvent à leur place
naturelle, et considérablement augmentés.

8 L'architecte qui avoit bâti l'amphithéâtre, et à qui la république donnoit le
louage des places en paiement *La Bruyère*.
Ou bien l'entrepreneur du spectacle. Au
reste le grec dit seulement, ,,lorsque les
,,entrepreneurs laissent entrer gratis.'' La
paraphrase de La Bruyère est une conjecture de Casaubon, que M. Barthelemy
paroit n'avoir pas adoptée; car il dit, en
citant ce passage, que les entrepreneurs donnoient quelquefois le spectacle gratis.

9 Proverbe grec, qui revient à notre ,,Je
retiens part.'' *La Bruyère*. Les mots suivants, que La Bruyère a traduits par ,,Il
fait pis,'' etoient corrompus dans l'ancien
texte: dans le manuscrit du Vatican ce n'est
qu'une formule qui veut dire, et autres
traits de ce genre *).

10 Le grec dit, ,,avec une mesure de
phidon, etc.'' Phidon étoit un roi d'Argos

*) voyez chap. 16, note 1.

qui a vécu du temps d'Homère, et qui est censé avoir inventé les monnoies, les poids et les mesures. Voyez les notes de Duport.

11 Quelque chose manque ici dans le texte. *La Bruyère*. Le manuscrit du Vaticant, qui contient ce trait au chap. 30, complète la phrase que La Bruyère n'a point traduite. Il en résulte le sens suivant: ,,Il ,,abuse de la complaisance de ses amis pour ,,se faire céder à bon marché des objets qu'il revend ensuite avec profit.''

12 Mine se doit prendre ici pour une pièce de monnoie. *La Bruyère*. La mine n'étoit qu'une monnoie fictive : M. Barthelemy l'évalue à 90 livres tournois.

13 Drachmes . petites pièces de monnoie. dont il falloit cent à Athènes pour faire une mine, *La Bruyère*. D'après le calcul de M. Barthelemy , la drachme valoit 18 sous de France.

14 Athènes étoit partagée en plusieurs tribus. Voyez le chapitre *de la médisance*. *La Bruyère*. Le texte dit, ,,sa curie.'' Voyez les notes 3 et 7 du caractère précédent.

La Bruyère a omis les mots ,,il demande ,,sur le service commun une portion pour ses ,,enfants.''

CHAPITRE XII

Du contre-temps.

Cette ignorance du temps et de l'occasion est une manière d'aborder les gens, ou d'agir avec eux, toujours incommode et embarrassante. Un importun est celui qui choisit le moment que son ami est accablé de ses propres affaires, pour lui parler des siennes; qui va souper 1 chez sa maîtresse le soir même qu'elle a la fièvre; qui, voyant que quelqu'un vient d'être condamné en justice de payer pour un autre pour qui il s'est obligé, le prie néanmoins de répondre pour lui; qui comparoît pour servir de témoin dans un procès que l'on vient de juger; qui prend le temps des noces ou il est invité, pour se déchainer contre les femmes; qui entraine 2 à la promenade des gens à peine arrivés d'un long voyage, et qui n'aspirent qu'à se reposer: fort capable d'amener des marchands pour offrir d'une chose plus qu'elle ne vaut 3, après qu'elle est vendue; de se lever au milieu d'une assemblée, pour reprendre un fait dès commencements, et en instruire à fond ceux qui en ont les oreilles rebattues, et qui le savent mieux que lui; souvent empressé pour engager dans une affaire des personnes qui, ne l'affectionnant

point n'osent pourtant refuser d'y entrer
4. S'il arrive que quelqu'un dans la ville
doive faire un festin après avoir sacrifié
5, il va lui demander une portion des
viandes qu'il a préparées : une autre fois,
s'il voit qu'un maître châtie devant lui son
esclave. ,,J'ai perdu, dit-il, un des miens
,,dans une pareille occasion ; je le fis fouetter,
,,il se désespéra, et s'alla pendre.'' Enfin,
il n'est propre qu'à commettre de nouveau
deux personnes qui veulent s'accommoder,
s'ils l'ont fait arbitre de leur différend 6.
C'est encore une action qui lui convient
fort que d'aller prendre au milieu du repas
pour danser 7 un homme qui est de sang-
froid, et qui n'a bu que modérément.

———————————————————————→

1 Le mot grec signifie proprement porter
une sérénade bruyante. Voyes les notes de
Duport et de Coray.

2 Théophraste suppose moins de complaisance à ces voyageurs, et ne les fait
qu'inviter à la promenade.

3 Le grec dit ,,plus qu'on n'en a donné.''

4 On rendroit mieux le sens de cette
phrase en traduisant ,,Il s'empresse de
,,prendre des soins dont on ne se soucie
,,point, mais qu'on est honteux de refuser.''

5 Les Grecs, le jour même qu'ils avoient
sacrifié, ou soupoient avec leurs amis,
on leur envoyoient à chacun une portion
de la victime. C'étoit donc un contre-

t-mps de demander sa part prématurément
et lorsque le festin étoit résolu, auquel
on pouvoit méme étre invité. *La Bruyère.*
Le texte grec porte, ,,Il vient chez ceux
,,qui sacrifient, et qui consument la vic-
,,time, pour leur demander un morceau;‘‘
et le contre temps consiste à demander ce
présent à des gens qui, au lieu d’envoyer
des morceaux, donnent un repas. Le mot
employé par Theophraste pour désigner
cette portion de la victime paroit étre
consacré particulièrement à cet usage, et
avoir méme passé dans le latin *divina
tomacula porçae*, dit Juvenal, sat. X,
v. 355.

6 Littéralement: ,,S’il assiste à un ar-
,,bitrage, il brouille des parties qui veu-
,,lent s’arranger.‘‘

7 Cela ne se faisoit chez les Grec qu’a-
près le repas et lorsque les tables étoient
enlevées. *La Bruyère.* Le grec dit seulement, ,,Il est capable de provoquer à la
,,danse un ami qui n’a encore bu que
,,modérément;‘‘ et c’est dans cette circonstance que se trouve l’inconvenance. Cicéron dit (pro Muraena, chap. 6): ,,Nemo
,,ferè saltat sobrius, nisî fortè insanit;
,,neque in solitudine, neque in convivio
,,moderato atque honesto: tempestivi von-
,,vivii, amoeni loci, multarum deliciarum
,,comes et extrema saltatio.‘‘ Mais en Grèce
l’usage de la danse étoit plus général, et
le poëte Alexis, cité par Athénée, l. IV,

c. 4, dit que les Athéniens dansoient au milieu de leurs repas, dès qu'ils commençoient à sentir le vin. Nous verrons au chap. 15 qu'il étoit peu convenable de se refuser à ce divertissement.

CHAPITRE XIII.

De l'air empressé [1].

Il semble que le trop grand empressement est une recherche importune, ou une vaine affectation de marquer aux autres de la bienveillance par ses paroles et par toute sa conduite. Les manières d'un homme empressé sont de prendre sur soi l'événement d'une affaire qui est au-dessus de ses forces, et dont il ne sauroit sortir avec honneur [2], et, dans une chose que toute une assemblée juge raisonnable, et où il ne se trouve pas la moindre difficulté, d'insister long-temps sur une légère circonstance, pour 'être ensuite de l'avis des autres [3]; de faire beaucoup plus apporter de vin dans un repas qu'on n'en peut boire [4]; d'entrer dans une querelle où il se trouve présent, d'une manière à l'échauffer davantage [5]. Rien n'est aussi plus ordinaire que de le voir s'offrir à servir de guide dans un chemin détourné qu'il ne connoit pas, et dont il ne peut

...erver l'issue; venir vers son gé-
...lui demander quand il doit ranger
...es en bataille, quel jour il faudra
...battre, et s'il n'a point d'ordres à
...donner pour le lendemain 6: une autre
...s'approcher de son père, Ma mère,
...dit-il mystérieusement, vient de se
coucher, et ne commence qu'à s'endormir;
...il entre enfin dans la chambre d'un malade à qui son médecin a défendu le vin,
dire qu'on peut essayer s'il ne lui fera
point de mal, et le soutenir doucement
pour lui en faire prendre 7. S'il apprend
qu'une femme soit morte dans la ville,
il s'ingère de faire son épitaphe; il y fait
graver son nom, celui de son mari, de
son père, de sa mère, son pays, son
origine, avec cet éloge: „Ils avoient tous
„de la vertu 8.“ S'il est quelquefois obligé
de jurer devant des juges qui exigent son
serment, „Ce n'est pas, dit-il en perçant
„la foule pour paroître à l'audiance, la
„première fois que cela m'est arrivé.“

---

1 „De l'empressement outré et affecté.“

2 Littéralement: Il se lève pour pro-
„mettre une chose qu'il ne pourra pas
„tenir.“

3 Il me semble qu'on rendroit mieux le
sens de cette phrase difficile, en traduisant: Dans une affaire dont tout le monde
„convient qu'elle est juste, il insiste en-

„core sur un point insoutenable et sur
„lequel il est réfuté."

4 Le texte porte , „de forcer son valet
„à méler avec de l'au plus de vin qu'on
„n'en pourra boire". Les Grecs ne bu-
voient , jusques vers la fin du repas,
que du vin mélé d'eau ; les vases qui
servoient à ce mélange étoient une principale décoration de leurs festins. Le vin
qui n'étoit pas bu de suite se trouvoit
sans doute gaté par cette préparation.

5 D'après une autre leçon, „de séparer
„des gens qui se querellent."

6 Il y a dans le grec, Pour le surlen-
„demain."

7 La Bruyère a suivi la version de Cæ-
saubon; mais le citoyen Coray a prouvé
par d'excellentes autorités qu'il faut traduire simplement : „Dire qu'on lui en
„donne, pour essayer de le guérir par ce
„moyen."

8 Formule d'épithaphe. *La Bruyère.*
Par cela même elle n'étoit d'usage que pour
les mots et devoit déplaire aux vivants
auxquels elle étoit appliquée. On regar-
doit meme en général comme un mauvais
augure d'être nommé dans les épitaphes ;
de là l'usage de la lettre V, initiale de
vivens, qu'on voit souvent sur les inscrip-
tions sépulcrales des Romains devant les
noms des personnes qui étoient encore
vivantes quand l'inscription fut faite.
Visconti.

CHAPITRE XIV.

De la stupidité.

La stupidité est en nous une pesanteur d'esprit 1 qui accompagne nos discours. Un homme stupide, ayant lui même calculé aves des jetons une certaine somme, demande à ceux qui le regardent faire à quoi elle se monte. S'il est obligé de paroitre dans un jour prescrit devant ses juges, pour se défendre dans un procès que l'on lui fait, il l'oublie entièrement, et part pour la campagne. Il s'endort à un spectacle, et ne se réveille que long-temps après qu'il est fini, et que le peuple s'est retiré. Après s'être rempli de viandes le soir, il se lève la nuit pour une indigestion, va dans la rue se soulager, où il est mordu d'un chien du voisinage. Il cherche ce qu'on vient de lui donner, et qu'il a mis lui-même dans quelque endroit, où souvent il ne le peut retrouver. Lorsqu'on l'avertit de la mort de l'un de ses amis afin qu'il assiste à ses funérailles, il s'attriste, il pleure, il se désespère; et prenant une façon de parler pour une autre, A la bonne heure, ajoute t il, ou une pareille sottise 2. Cette précaution qu'ont les personnes sages de ne pas donner sans témoins 3 de l'argent à leurs créanciers, il l'a pour en recevoir de ses débiteurs. On le voit quereller son valet dans le plus grand froid de l'hiver, pour ne lui avoir pas acheté des concombres. S'il s'avise un jour de faire exercer ses enfants à la lutte ou à la course, il ne leur permet pas de se retirer qu'ils ne soient tout en sueur et hors d'haleine 4. Il va cueillir lui-même des lentilles 5, les fait cuire; et oubliant qu'il y a mis du sel, il les sale une seconde fois, de sorte que personne n'en peut goûter. Dans le temps d'une pluie incommode, et dont tout le monde se plaint, il lui échappera de dire que l'eau du ciel est une chose délicieuse 6 : et si on lui demande par hasard combien il a vu emporter de morts par la porte sacrée 7, Autant, répond-il, pensant peut-être à de l'argent ou à des grains, que je voudrois que vous et moi en pussions avoir.

---

1 Littéralement : ,,une lenteur d'esprit.'' La plupart des traits de ce caractère seroient attribués aujourd'hui à la distraction, à laquelle les anciens paroissent ne pas avoir donné un nom particulier.

2 Le traducteur a beaucoup paraphrasé ce passage. Le grec dit seulement : ,,Il ,,s'attriste, il pleure, et dit, A la bonne ,,heure.''

3 Les témoins étoient fort en usage chez les Grecs dans le paiements et dans tous les actes. *La Bruyère.* „Tout le „monde sait, dit Démosthène *contra* „*Phorm.* qu'on va emprunter de l'argent „avec peu de témoins, mais qu'on en „amène beaucoup en le rendant, afin de „faire connoître à un grand nombre de „personnes combien on met de régularité „dans ses affaires."

4 Le texte grec dit: „Il force ses en-„fants à lutter et à courir, et leur fait „contracter des maladies de fatigue." Théophraste a fait un ouvrage particulier sur ces maladies, occasionnées fréquemment en Grèce par l'excès des exercices gymnastiques. Voyes le traité de Meursius sur les ouvrages perdus de Théophraste.

5 Le grec dit: „Et s'il se trouve avec „eux à la campagne et qu'il leur fasse „cuire des lentilles, il oublie, etc."

6 Ce passage est évidemment altéré dans le texte, et La Bruyère n'en a ex-primé qu'une partie en la paraphrasant. Il me semble qu'une correction plus simple que toutes celles qui ont été proposées jusqu'à présent seroit de lire Τὸ ἀςρονο-μίζειν, et de regarder les mots qui sui-vent comme le commencement d'une glose, inséré mal à propos dans le texte; car dans le grec il n'est dit nulle part dans ce chapitre ce que disent ou font les autres. D'après cette correction, il fau-

droit traduire : ,,Quand il pleut, il dit,
,,ah! qu'il est agréable de connoître et
,,d'observer les astres!'' La forme du verbe
grec pourroit être rendue littéralement en
françois par le mot *astronomiser*. Il faut
convenir cependant que le verbe grec ne
se trouve pas plus dans les dictionnaires
que le verbe françois et que la forme ordinaire du premier est un peu différente;
mais en grec ces fréquentatifs sont très-
communs, et quelques manuscrits donnent
une leçon qui s'approche beaucoup de
cette correction. Le glossateur a ajouté
,,lorsque d'autres disent que le ciel est
,,noir comme de la poix.''

7 Pour être enterrés hors de la ville suivant la loi de Solon. *La Bruyère.* Du
temps de Théophraste les morts étoient
indifféremment enterrés ou brûlés, et ces
deux cérémonies se faisoient dans les
champs ceramiques: mais ce n'étoit pas
par la porte sacrée, ainsi nommée parce
qu'elle conduisoit à Éleusis, qu'on se rendoit à ces champs. Il me paroit donc qu'il
faut adopter la correction *erias*, la porte
des tombeaux. Le citoyen Barbié du
Bocage croit que ce n'étoit pas une
porte particulière qu'on appeloit ainsi,
mais que ce nom étoit donné quelquefois
à la porte Dipylon, qu'il a placée en
cet endroit sur son plan d'Athènes dans
le Voyage du jeune Anacharsis ; et les
recherches aussi savantes qu'étendues qu'il

a faites depuis sur ce plan n'ont fait que
confirmer cette opinion. Peut être aussi
cette porte étoit-elle double ainsi que son
nom l'indique, et l'une des sorties étoit-
elle appelée Érie, et particulièrement des-
tinée aux funérailles.

CHAPITRE XV.

De la brutalité.

La brutalité est une certaine dureté, et
j'ose dire une férocité qui se rencontre
dans nos manières d'agir, et qui passe
même jusqu'à nos paroles. Si vous deman-
dez à un homme brutal, Qu'est devenu
un tel? il vous répond durement, Ne me
rompez point la tête. Si vous le saluez,
il ne vous fait pas l'honneur de vous rendre
le salut : si quelquefois il met en vente
une chose qui lui appartient, il est inutile
de lui en demander le prix, il ne vous
écoute pas ; mais il dit fièrement à celui
qui la marchande, Qu'y trouvez-vous à
dire ? Il se moque de la piété de ceux
qui envoient leurs offrandes dans les temples aux jours d'une grande célébrité : Si
leurs prières, dit il, vont jusqu'aux dieux,
et s'ils en obtiennent les biens qu'ils sou-
haitent, l'on peut dire qu'ils les ont bien
payés, et qu'ils ne leur sont pas donnés

pour rien 2. Il est inexorable à celui qui,
sans dessein, l'aura poussé légérement,
ou lui aura marché sur le pied; c'est une
faute qu'il ne pardonne pas. La première
chose qu'il dit à un ami qui lui emprunte
quelque argent 3, c'est qu'il ne lui en
prétera point: il va le trouver ensuite,
et le lui donne de mauvaise grace, ajou-
tant qu'il le compte perdu. Il ne lui arrive
jamais de se heurter à une pierre qu'il
rencontre en son chemin, sans lui donner
des grandes malédictions. Il ne daigne
pas attendre personne; et si l'on differe
un moment à se rendre au lieu dont l'on
est convenu avec lui, il se retire. Il se
distingue toujours par une grande singu-
larité 4; ne veut ni chanter à son tour ni
réciter 5 dans un repas, ni méme danser
avec les autres. En un mot, on ne le
lvoit guère dans les temples importuner
ses dieux, et leur faire des voeux ou des
sacrifices 6.

---

1 Plusieurs critiques ont prouvé qu'il
faut traduire ce passage: ,,S'il met un
,,objet en vente, il ne dira point aux
,,acheteurs ce qu'il en voudroit avoir,
,,mais il leur demandera ce qu'il en pourra
,,trouver.''
2 La Bruyère a paraphrasé ce passage
obscur et mutilé d'après les idiées de
Casaubon; selon d'autres critiques, il est

question d'un présent ou d'une invitation qu'on fait au brutal, ou bien d'une portion de victime qu'on lui envoie *); et sa réponse est, „Je ne reçois pas de pré-„sents,"ou „Je ne voudrois pas même „goûter ce qu'on me donne."

3 „Qui fait une collecte **)."

4 Ces mots ne sont point dans le texte.

5 Les Grecs récitoient à table quelques beaux endroits de leurs poëtes, et dansoient ensemble après le repas. Voyez le chapitre *du contre temps. La Bruyère.* *).

6 Le grec dit simplement: „Il est ca-„pable aussi de ne point prier les dieux."

CHAPITRE XVI 1.

De la superstition.

La superstition semble n'être autre chose qu'une crainte mal réglée de la divinité. Un homme superstitieux, après avoir lavé ses mains 2, s'être purifié avec de l'eau lustrale 3, sort du temple, et se promène une grande partie du jour avec une feuille de laurier dans sa bouche. S'il voit une

*) Voyez chap. 12, note 5, et chap. 17, note 2.

**) Voyez chap. 1, note 3.

*) Chap. 12, note 7.

belette, il s'arrête tout court; et il ne continue pas de marcher, que quelqu'un n'ait
passé avant lui par le même endroit que
cet animal a traversé, ou qu'il n'ait jeté
lui-même trois petites pierres dans le chemin, comme pour éloigner de lui ce mauvais présage. En quelque endroit de sa
maison qu'il ait aperçu un serpent, il ne
diffère pas d'y élever un autel 4: et dès
qu'il remarque dans les carrefours de ces
pierres que la dévotion du peuple y a consacrées 5, il s'en approche, verse dessus
toute l'huile de sa fiole, plie les genoux
devant elles, et les adore. Si un rat lui
a rongé un sac de farine, il court au de-
vin, qui ne manque pas de lui enjoindre
d'y faire mettre une pièce : mais bien loin
d'être satisfait de sa réponse, effrayé d'une
aventure si extraordinaire, il n'ose plus se
servir de son sac, et s'en défait 6. Son
foible encore est de purifier sans fin la maison qu'il habite 7, d'éviter de s'asseoir sur
un tombeau, comme d'assister à des funérailles, ou d'entrer dans la chambre d'une
femme qui est en couches 6: et lorsqu'il
lui arrive d'avoir, pendant son sommeil,
quelque vision, il va trouver les interprètes
des songes, les devins et les augures, pour
savoir d'eux à quel dieu ou à quelle déesse
il doit sacrifier 9. Il est fort exact à visiter, sur la fin de chaque mois, les prêtres
d'Orphée, pour se faire initier dans ses
mystères 10: il y mène sa femme; ou si

elle s'en excuse par d'autres soins, il y
fait conduire ses enfants par une nourrice 11. Lorsqu'il marche par la ville, il
ne manque guère de se laver toute la tête
avec l'eau des fontaines qui sont dans les
places : quelquefois il a recours à des prê-
tresses, qui le purifient d'une autre manière, en liant et étendant autour de son corps
un petit chien, ou de la squille 12. Enfin, s'il voit un homme frappé d'épilepsie 13, saisi d'horreur il crache dans son
propre sein, comme pour rejeter le malheur
de cette rencontre.

---

1 Ce chapitre est le premier dans lequel
on trouvera des additions prises dans le
manuscrit de la bibliothèque palatine du
Vatican qui contient une copie plus complète que les autres des quinze derniers chapitres de cet ouvrage. M. Siebenkees, sur
les manuscrits duquel on a publié cette copie, doutoit de l'authenticité de ces morceaux nouveaux : mais ses doutes sont sans
fondement, et il paroît ne les avoir conçus
que par la difficulté d'expliquer l'origine
de cette différence entre les manuscrits. M.
Schneider a levé cette difficulté, et a dé-
montré toute l'importance de ces additions,
lesquelles nous donnent non seulement des
lumières nouvelles sur plusieurs points importants des moeurs anciennes, mais dont
la plupart complètent et expliquent des pas-

sages inintelligibles sans ce secours. Ce savant a observé qu'elles prouvent que nous ne possédions auparavant que des extraits très imparfaits de cet ouvrage. Cette hypothèse explique les transpositions, les obscurités et les phrases tronquées qui y sont si frequentes; et celles qui se trouvent même dans le manuscrit palatin font soupçonner qu'il n'est lui - méme qu'un extrait plus complet. Cette opinion est en outre confirmée pour ce manuscrits comme pour les autres par une formule usitée spécialement par les abréviateurs, qui se trouve au chap. 11 et au chap. 19 *). Cependant les difficultés qui se rencontrent particulièrement dans les additions viennent sur - tout de ce qu'elles ne nous sont transmises que par une seule copie. Tous ceux qui se sont occupés de l'examen critique des auteurs anciens savent que ce n'est qu'à force d'en comparer les différentes copies qu'on parvient à leur rendre jusqu'à un certain point leur perfection primitive.

2 D'après une correction ingénieuse de M. Siebenkees, le manuscrit du Vatican ajoute, ,,dans une source.‘‘ Cette ablution étoit le symbole d'une purification morale; le lauriet dont il est question dans la suite de la phrase passoit pour écarter tous les malheurs de celui qui portoit sur

*) Voyez la note 9 du premier et la note 2 au second de ces chapitres.

soi quelque partie de cet arbuste. Voyez
les notes de Duport, et, sur ce cacactère
en géuéral, le chapitre 21 d'Anacharsis.
J'ai parlé dans la note 14 du Discours sur
Théophraste des opinions religieuses de ce
philosophe et d'un livre écrit sur le présent
chapitre en particulier. Il me paroît que
la religion des Athéniens avoit été sur-char-
gée de beaucoup de superstitions nouvelles
depuis la décadence des républiques de la
Grèce, et sur-tout du temps de Philippe
et d'Alexandre. Voyez chap. 25, note 3.

3 Une eau où l'on avoit éteint un tison
ardent pris sur l'autel où l'on brûloit la
victime: el'e étoit dans une chaudière à la
porte du temp'e: l'on s'en lavoit soi-même,
ou l'on s'en faisoit laver par les prêtres.
La Bruyère. Il falloit dire, Asperger,
,,Spargens rore levi, ramo felicis olivae,"
dit Virgile, Aeneid. lib. VI. v. 229;
et au lieu d'ajouter ,,sort du temple," il
falloit traduire simplement, après s'être
aspergé d'eau sacrée, etc.

4 Le manuscrit du Vatican porte : ,,Voit-
,,il un serpent dans sa maison; si c'est
,,un *paréias*, il invoque Bacchus; si c'est
,,un serpent sacré, il lui fait un sacrifice,"
ou bien ,,il lui bâtit une chapelle." Voyez
sur cette variante la savante note de Schneider, comparée avec le passage de Platon
cité par Duport, où ce philosophe dit que
les superstitieux remplissent toutes les
maisons et tous les quartiers d'autels et

de chapelles. L'espéce de serpent appelée *paréïas*, à cause de ses mâchoires très-grosses, étoit consacrée à Bacchus: on portoit de ces animaux dans les processions faites en l'honneur de ce dieu; et l'on voit dans Démosthène *pro Corona*, p. 313, éd. de Réiske, que les superstitieux les élevoient par dessus la tête, en poussant des cris bachiques. L'espéce appelée sacrée étoit, selon Aristote, longue d'une coudée, venimeuse et velue; mais peut être ce mot, qui a empêché les naturalistes de la reconnoître, est-il altéré. Aristote ajoute que les espèces les plus grandes fuyoient devant celles-ci.

5 Le grec dit: ,,des pierres ointes;" c'étoit la manière de les consacrer, usitée même parmi les patriarches. Voyez Genése, 28.

6 D'après une ingénieuse correction d'É-tienne Bernard rapportée par Schneider: ,,Il rend le sac en expiant ce mauvais ,,présage par un sacrifice." Cicéron dit, *de Div.* l. II, c. 27. ,,Nos autem ita ,,leves atque inconsiderati sumus, ut si ,,mures corroserint aliquid, quorum est ,,opus hoc unum monstrum putemus."

7 Le manuscrit du Vatican ajoute, ,,En disant qu'Hécate y a exercé une in-,,fluence maligne;" et continue. ,,Si en ,,marchand il voit une chouette, il en est ,,effrayé, et n'ose continuer son chemin ,,qu'après avoir prononcé ces mots, *Qua*

rva ait le dessus." On attribuoit à
...uence d'Hecate l'épilepsie et différen-
...'autres maladies auxquelles bien des
...ens supposent encore aujourd'hui des rap-
...orts particuliers avec la lune, qui, dans
...a fable des Grecs, est représentée tantôt
par Diane, tantôt par Hécate. Les purifications dont parle le texte consistoient en
fumigations *).

8 Le manuscrit du Vatican ajoute. „en
„disant qu'il lui importe de ne pas se
„souiller;" Les quatrièmes et cinquièmes
„jours, il fait cuire du vin par ses gens, sort
„lui même pour acheter des branches de
„myrte et des tablettes d'encens, et cou-
„ronne en rentrant les Hermaphrodites pen-
„dant toute la journée." Les quatrièmes
jours du mois, ou peut-être de la décade,
étoient consacrés à Mercure **). Le vin cuit
est relatif à des libations ou à des sacrifices,
et les branches de myrte appartiennent au
culte de Vénus. Les Hermaphrodites sont
des Hermès à tête de Vénus, comme les
Hermérotes, les Herméraclès, les Hermar-
thènes, étoient des Hermès à tête de Cu-
pidon, d'Hercule, et de Minerve ***). Ils

*) Voyez le Voyage du jeune Anacharsis,
chap. 21.
**) Voyez le scol. d'Aristoph. in Plut. v. 1147.
***) oyez l'aur. de Sacris gent. Tr. de
Gronov., tome 7, p. 176: et Pausanias, liv.
XIX, 2, où il parle d'une statue de Vénus
en forme d'Hermès.

se trouvoient peut-être parmi ce grand nombre
d'Hermès votifs posés sur la place publique, entre le Poecile et le Portique royal
*). Le culte de Vénus étoit souvent joint
à celui de Mercure **). Quant au septième
jour, si le chiffre est juste, ce ne peut pas
être le septième du mois, qui étoit consacré, ainsi que le premier, au culte d'A-
polon, et non à celui de Vénus. Il faut
donc supposer que le sacrifice se fait tous
les sept jours, et ce passage devient très-
important pour la célèbre question sur l'antiquité d'un culte hebdomadaire chez les
peuples dits profanes. J'observerai, à l'ap-
pui de cette opinion qui est celle du citoyen Visconti, que sur les premiers monuments païens de l'introduction de la semaine
planétaire dans le calendrier romain, introduction qui paroit dater du deuxième
siècle de l'ère chrétienne, Vénus occupe le
septième rang parmi les divinités qui pré-
sident aux jours de cette période ***); que
le jour sacré des mahométans est le ven-
dredi, et qu'il paroit que ce jour étoit
fété dans l'antiquité par les peuples isma-
élites, en l'honneur de Vénus Uranie ****);
enfin, que la Vénus en forme d'Hermès,

*) Voyez Harpocr. in Herm.
**) Voyez Arnaud de Diis synedris, chap. 24.
***) Voyez les peintures d'Herculanum, t.
III, pl. 50.
****) Voyez Selden de Diis syris, segm. II,
ch. 2 et 4.

dont parle Pausanias, étoit précisément une
Vénus Uranie, déesse qui avoit à Athènes
un culte solennel et un temple situé près
de la place publique, et par conséquent
près de Hermès dont j'ai parlé. Des cérémonies hébdomadaires en l'honneur de
cette divinité pouvoient avoir passé en
Grèce par les conquêtes d'Alexandre, comme
l'observation du sabbat paroît s'être introduite à Rome par la conquête de la Pale-
sine *) Par un passage d'Athénée, l. XII,
c. 4, il est à peu près certain que les Perses avoient très-anciennement un culte hebdomadaire; et selon Hérodote, I, 130,
ils avoient appris le culte d'Uranie des
Arabes et des Assyriens, et avoient appelé
cette déesse *Mitra*; ce qui semble prouver
qu'ils l'ont associée à Mithras leur divinité
principale.

Mais notre texte peut aussi être altéré,
et il peut y être question du sixième jour
du mois ou de la décade, consacré à Vénus **). Dans ce cas, il est toujours très-
remarquable que les jours du Soleil, de

---

*) Voyez outre les passages d'Ovide, d'Ho-
race et de Tibulle, celui de Sénèque, que
cite saint Augustin de Civ. Dei, l. VI, ch.
11, où le célèbre stoicien reproche aux Romains
de son temps de perdre par cette fête juive la
septième partie de leur vie.
**) Voyez Jamblichus dans la vie de Py-
thagore, ch. 28, sect. 152, où l'on cite une
explication mystique que le philosophe de
Samos a donnée de cet usage,

Mercure et de Vénus, occupent dans notre semaine le même rang que les jours consacrés par la religion des Grecs aux divinités qui répondent à ces corps célestes occupoient dans le mois d'Athènes, ou dans chacune des trois parties dans lesquelles il étoit divisé ; c'est à dire que les uns et les autres tombent sur les premiers, quatrièmes et sixièmes jours de ces périodes. Ces superstitions grecques sont sans doute dérivées de l'usage égyptien de consacrer chaque jour à une divinité *) ; et c'est vraisemblablement à Alexandrie que cet antique usage s'est confondu successivement avec la semaine lunaire ou planétaire que paroissent avoir observée les autres nations de l'orient, avec la consécration du sabbat chez les Juifs, et avec celle du dimanche chez les chrétiens.

9 „Vous ne réfléchissez pas à ce que „vous faites étant éveillés, disoit Diogène „à ses contemporains, mais vous faites „beaucoup de cas des visions que vous „avez en dormant.‟

10 Instruire de ses mystères, *La Bruyère.* On ne se faisoit pas initier tous les mois, mais une fois dans la vie, et puis on observoit certaines cérémonies prescrites par ces mystères **). Le mot que tous les traducteurs de ce passage ont rendu par *initier*

*) Voyez Hérodote, liv II, chap. 82.
**) Voyez les notes de Casaubon.

est pris souvent par les anciens dans un
sens fort étendu *); je crois qu'il faut le
traduire ici par *purifier*. Il faut observer,
au reste, que les mystères d'Orphée sont
ceux de Bacchus, et ne pas les confondre
avec les mystères de Cérès. Toute la Grèce
célébroit ces derniers avec la plus grande
solennité, au lieu que les prêtres d'Orphée
étoient une espèce de charlatans ambulants,
dont les gens sensés ne faisoient aucun
cas, et qui n'ont acquis de l'importance
que vers le temps de la décadence de l'em-
pire romain **).

11 Le manuscrit du Vatican ajoute ici
une phrase défectueuse, que, d'après une
explication du citoyen Coray, appuyée sur
les usages actuels de la Grèce, il faut entendre, ,,Il va quelquefois s'asperger d'eau
,,de mer; et si alors quelqu'un le regarde
,,avec envie, il attache un ail sur sa tête,
,,et va la laver, etc.'' Cette cérémonie devoit détourner le mauvais effet que pourroit
produire le coup-d'oeil de l'envieux. On
trouvera plusieurs passages anciens sur l'influence maligne qu'on attribuoit à ce coup-
d'oeil, dans les commentateurs de ce vers
des Bucoliques de Virgile ***):

Nescio quis teneros oculus mihi fascinat agnos.

*) Voyez Athénée, liv. II, chap. 17.
**) Voyez Anacharsis, chap. 21; et le savant
mémoire de Freret sur le culte de Bacchus.
***) Ecl. III, v. 103.

11. La Bruyère. T. IV.   I

„ L'eau de mer étoit regardée comme la
plus convenable aux purifications *).

12 Espèce d'ognon marin. *La Bruyère*.
Le traducteur a inséré dans le texte la
manière dont il croyoit que cette expiation
se faisoit; mais il paroit que le chien sacrifié n'étoit que porté autour de la personne
qu'on vouloit purifier, et la squille étoit
vraisemblablement brûlée.

13 Le grec ajoute même dans l'ancien
texte: „ou un homme dont l'esprit est aliéné."

CHAPITRE XVII.

De l'esprit chagrin.

L'esprit chagrin fait que l'on n'est jamais
content de personne, et que l'on fait aux
autres mille plaintes sans fondement 1. Si
quelqu'un fait un festin, et qu'il se sou-
vienne d'envoyer un plat 2 à un homme de
cette humeur, il ne reçoit de lui pour tout
remerciment que le reproche d'avoir été
oublié: „Je n'étois pas digne, dit cet esprit
„querelleur, de boire de son vin, ni de
„manger à sa table." Tout lui est suspect,
jusques aux caresses que lui fait sa maîtresse:

*) Voyez Anach., chap. 21; et Duport dans
les notes du commencement de ce chapitre.

Je doute fort, lui dit-il, que vous soyez sincère, et que toutes ces démonstrations d'amitié partent du cœur 3. Après une grande sécheresse venant à pleuvoir 4, comme il ne peut se plaindre de la pluie, il s'en prend au ciel de ce qu'elle n'a pas commencé plus tôt. Si le hasard lui fait voir une bourse dans son chemin, il s'incline. Il y a des gens, ajoute-t-il, qui ont du bonheur; pour moi, je n'ai jamais eu celui de trouver un trésor. Une autre fois, ayant envie d'un esclave, il prie instamment celui à qui il appartient d'y mettre le prix; et dès que celui-ci, vaincu par ses importunités, le lui a vendu 5, il se repent de l'avoir acheté. „Ne suis-je pas „trompé? demande-t-il, et exigeroit-on „si peu d'une chose qui seroit sans dé-„fauts?“ A ceux qui lui font les compliments ordinaires sur la naissance d'un fils, et sur l'augmentation de sa famille, Ajoutez, leur dit-il, pour ne rien oublier, sur ce que mon bien est diminué de la moitié 6. Un homme chagrin, après avoir eu de ses juges ce qu'il demandoit, et l'avoir emporté tout d'une voix sur son adversaire, se plaint encore de celui qui a écrit ou parlé pour lui, de ce qu'il n'a pas touché les meilleurs moyens de sa cause; ou lorsque ses amis on fait ensemble une certaine somme pour le secourir dans un besoin pressant 7, si quelqu'un l'en félicite, et le convie à mieux espérer de la fortune:

I 2

Comment, lui répond-il, puis-je être sensible à la moindre joie, quand je pense que je dois rendre cet argent à chacun de ceux qui me l'ont prêté, et n'être pas encore quitte envers eux de la reconnoissance de leur bienfait?

---

1 Si l'on vouloit traduire littéralement le texte corrigé par Casaubon, cette définition seroit, ,,L'esprit chagrin est un blâme ,,injuste de ce que l'on reçoit;'' et d'après le manuscrit du Vatican corrigé par Schneider, ,,une disposition à blâmer ce qui vous ,,est donné avec bonté.''

2 C'a été la coutume des Juifs et d'autres peuples orientaux, des Grecs et des Romains. *La Bruyère*. Il falloit ajouter, ,,dans les repas donnés après des sacri-,,fices. *)'' Au lieu d'un plat, il y a dans le texte ,,une portion de la victime.''

3 Littéralement: ,,comblé de caresses ,,par sa maîtresse, il lui dit: Je serois fort ,,étonné si tu me chérissois quasi de cœur.''

4 Il auroit fallu dire: ,,Si après une ,,grande sécheresse il vient à pleuvoir.'' Le lecteur attentif aura déjà remarqué dans cette traduction beaucoup de négligences de style qu'on ne pardonneroit pas de nos jours.

*) Voyez chap. 12 note 5.

5. Au lieu de ces mots; et dès que celui-ci, etc., le texte dit, ,,et s'il l'a ,,eu à bon marché," M. Barthelemy, qui a inséré quelques traits de ce caractère dans son chap. 18., rend celui-ci de la manière suivante: ,,Un de mes amis, a- ,,prés les plus tendres sollicitations, con- ,,sent à me céder le meilleur de ses es- ,,claves. Je m'en rapporte à son estima- ,,tion: savez-vous ce qu'il fait? Il me le ,,donne à un prix fort au-dessous de la ,,mienne. Sans doute cet esclave a quel- ,,que vice caché. Je ne sais quel poison ,,secret se mêle toujours à mon bonheur."

6 Le grec porte: ,,Si tu ajoutes que ,,mon bien est diminué de moitié, tu ,,auras dit la vérité."

7 Voyez chap. 1, note 3.

CHAPITRE XVIII.

De la défiance.

L'esprit de défiance nous fait croire que tout le monde est capable de nous trom- per. Un homme défiant, par exemple, s'il envoie au marché l'un de ses domes- tiques pour y acheter des provisions, il la fait suivre par un autre, qui doit lui rapporter fidèlement combien elles ont

coûté. Si quelquefois il porte de l'argent
sur soi dans un voyage, il le calcule à
chaque stade 1 qu'il fait pour voir s'il a
son compte. Une autre fois, étant couché
avec sa femme, il lui demande si elle a
remarqué que son coffre-fort fût bien fermé,
si sa cassette est toujours scellée 2, et si
on a eu soin de bien fermer la porte du
vestibule ; et bien qu'elle assure que tout
est en bon état, l'inquiétude le prend, il
se lève du lit, va en chemise et les pieds
nus, avec la lampe qui brûle dans sa
chambre, visiter lui-même tous les endroits
de sa maison, et ce n'est qu'avec beaucoup de peine qu'il s'endort après cette
recherche. Il mène avec lui des témoins
quand il va demander ses arrérages 3,
afin qu'il ne prenne pas un jour envie à
ses débiteurs de lui dénier sa dette. Ce
n'est pas chez le foulon qui passe pour
le meilleur ouvrier qu'il envoie teindre sa
robe, mais chez celui qui consent de ne
point la recevoir sans donner caution
4. Si quelqu'un se hasarde de lui emprunter quelques vases 5, il les lui refuse souvent; ou s'il les accorde, il ne
les laisse pas enlever qu'ils ne soient pesés: il
fait suivre celui qui les emporte, et envoie dès
le lendemain prier qu'on les lui renvoie 6.
A-t-il un esclave qu'il affectionne et qui
l'accompagne dans la ville 7, il le fait marcher devant lui, de peur que, s'il le per-
doit de vue, il ne lui échappât et ne prît

la suite. A un homme qui, emportant de chez lui quelque chose que se soit, lui diroit, Estimez cela, et mettez-le sur mon compte, il répondroit qu'il faut le laisser où on l'a pris, et qu'il a d'autres affaires que celle de courir après son argent 8.

---

1 Six cents pas. *La Bruyère*. Le stade olympique avoit, selon M. Barthelemy, quatre-vingt-quatorze toises et demie. Le manuscrit du Vatican porte: „et s'assied „à chaque stade pour le compter."

2 Les anciens employoient souvant la cire et le cachet en place des serrures et des clefs. Ils cachetoient même quelquefois les portes, et sur-tout celles du gynécée*).

3 „Quand il demande les intérêts de „son argent, afin que ses débiteurs ne „puissent pas nier la dette." Il faut sup-poser peut-être que c'est avec les mêmes témoins qui étoient présents lorsque l'argent a été remis.

4 Le grec dit: „mais chez celui qui a „un bon répondant".

5 D'or ou d'argent. *La Bruyère*.

6 Ce qui se lit entre les deux étoiles n'est pas dans le grec, où le sens est interrompu; mais il est suppléé par quelques interprètes.

*) Voyez entre autres les Thesmoph. d'Aristoph. v. 417.

La Bruyère. C'est Casaubon qui avoit supplée à cette phrase défectueuse, non seulement par les mots que *La Bruyère* a désignés, mais encore par les quatre précédents. Voilà comme le manuscrit du Vatican restitue ce passage, dans lequel on reconnoîtra avec plaisir un trait que Casaubon avoit deviné : ,,Il les refuse la plupart du temps; ,,mais s'ils sont demandés par un ami ou ,,par un parent, il est tenté de les essayer ,,et de les peser, et exige presque une cau- ,,tion avant de les prêter.'' Il veut les essayer aux yeux de celui à qui il les confie, pour lui prouver que c'est de l'or ou de l'argent fin. Ce sens du verbe grec restitué dans cette phrase par le citoyen Coray est justifié par l'explication que donne Hésychius du substantif qui en dérive.

7 La Bruyère a ajouté les mots ,,*qu'il affectionne.*'' Le citoyen Coray a joint ce trait au précédent, en l'appliquant à l'esclave qui porte les vases.

8 Dans les additions du manuscrit du Vatican à cette phrase difficile et elliptique, il faut, je crois, mettre le dernier verbe à l'optatif attique de l'aoriste, et traduire, ,,Il répond à ceux qui, ayant acheté quel- ,,que chose chez lui, lui disent de faire le ,,compte et de mettre l'objet en note, parce ,,qu'ils n'ont pas en ce moment le temps de ,,lui envoyer de l'argent: Oh! ne vous en ,,mettez pas en peine, car quand même vous ,,en auriez le temps, je ne vous en suivrois

pas moins ;" c'est-à-dire, quand même vous me diriez que vous m'enverrez l'argent sur le champ, je préférerois pourtant de vous accompagner chez vous ou chez votre banquier pour le toucher moi même.

CHAPITRE XIX.

D'un vilain homme.

Ce caractère suppose toujours dans un homme une extrême malpropreté, et une négligence pour sa personne qui passe dans l'excès, et qui blesse ceux qui s'en aperçoivent. Vous le verrez quelquefois tout couvert de lèpre, avec des ongles longs et malpropres, ne pas laisser de se mêler parmi le monde, et croire en être quitte pour dire que c'est une maladie de famille, et que son père et son aïeul y étoient sujets : Il a aux jambes des ulcères. On lui voit aux mains des poireaux et d'autres saletés, qu'il néglige de faire guérir; ou s'il pense à y remédier, c'est lorsque le mal, aigri par le temps, est devenu incurable. Il est hérissé de poil sous les aisselles et par tout le corps, comme une bête fauve : il a les dents noires, rongées, et telles que son abord ne se peut souffrir. Ce n'est pas tout :

il crache ou il se mouche en mangeant, il
parle la bouche pleine 3, fait en buvant des
choses contre la bienséance 4, ne se sert
jamais au bain que d'une huile qui sent
mauvais 5, et ne paroît guère dans une assemblée publique qu'avec une vieille robe 6
et toute tachée. S'il est obligé d'accompagner sa mére chez les devins, il n'ouvre
la bouche que pour dire des choses de
mauvais augure 7. Une autre fois, dans le
temple et en faisant des libations 8, il
lui échappera des mains une coupe ou quelque autre vase; et il rira ensuite de cette
aventure, comme s'il avoit fait quelque chose
de merveilleux. Un homme si extraordinaire
ne sait point écouter un concert ou d'excellents joueurs de flûte; il bat des mains
avec violence comme pour leur applaudir,
ou bien il suit d'un voix désagréable le
même air qu'ils jouent: il s'ennuie de
la symphonie, et demande si elle ne doit
pas bientôt finir. Enfin si étant assis à table, il veut cracher, c'est justement sur
celui qui est derrière lui pour lui donner à
boire 9.

---

1 Le manuscrit du Vatican ajoute, "et
"qu'elle préserve sa race d'un mélange étranger."

2 Le grec porte ici la formule dont j'ai
parlé au chap. 11, note 9, et au chap. 16,
note 1.

3 Le grec ajoute: „et laisse tomber ce „qu'il mange."

4 Le manuscrit du Vatican ajoute: „Il „est couché à table sous la même couver, „ture que sa femme, et prend avec elle des „libertés déplacés."

5 Le manuscrit du Vatican fait ici un léger changement, et ajoute un mot qui, tel qu'il est, ne présente aucun sens convenable; le citoyen Visconti propose de le corriger en σφιγγεσθαι, dans le sens de *se serrer dans ses habits*; signification que l'on peut donner à ce verbe avec d'autant plus de vraisemblance, qu'Hésychius explique le substantif qui en dérive par *tunique.* Cet homme malpropre n'attend pas seulement que sa mauvaise huile soit sèche, mais s'enveloppe sur-le-champ dans ses habits. L'usage ordinaire exigeoit de laisser sécher l'huile au soleil, ce que les Romains appeloient *in-solatio.*

6 Le manuscrit du Vatican ajoute „tout usée." et parle aussi d'une tunique grossière.

7 Les anciens avoient un grand égard pour les paroles qui étoient proférées, même par hasard, par ceux qui venoient consulter les devins et les augures, prier ou sacrifier dans les temples. *La Bruyère.*

8 Cérémonies où l'on répandoit du vin ou du lait dans les sacrifices. *La Bruyère.*

9 Le grec dit: „Il crache par-dessus la „table sur celui qui lui donne à boire." Les

anciens n'occupoient qu'un côté de la table,
ou des tables, qu'on plaçoit devant eux;
et les esclaves qui les servoient se tenoient
de l'autre côté.

Au reste, les quatre dernieres traits de
ce caractère appartiennent peut-être au chapitre suivant. La transposition manifeste de
plusieurs traits du caractère XXX au caractères XI doit inspirer naturellement l'idée
d'attribuer à une cause semblable toutes les
incohérences de cet ouvrage, plutôt que de
les mettre sur le compte de l'auteur.

CHAPITRE XX.

D'un homme incommode.

Ce qu'on appelle un fâcheux est celui qui
sans faire à quelqu'un un fort grand tort,
ne laisse pas de l'embarrasser beaucoup [1];
qui, entrant dans la chambre de son ami
qui commence à s'endormir, le réveille pour
l'entretenir de vains discours [2]; qui, se
trouvant sur le bord de la mer, sur le point
qu'un homme est près de partir et de monter dans son vaisseau, l'arrête sans nul besoin,
et l'engage insensiblement à se promener
avec lui sur le rivage [3]; qui, arrachant un
petit enfant du sein de sa nourrice pendant
qu'il tette, lui fait avaler quelque chose

qu'il a maché[4], bat des mains devant lui,
le caresse, et lui parle d'une voix contre-
faite; qui choisit le temps du repas, et que
le potage est sur la table, pour dire qu'ayant pris médecine depuis deux jours il est
allé par haut et par bas, et qu'une bile
noire et recuite était mélée dans ses déjec-
tions[5]; qui, devant toute une assemblée,
s'avise de demander à sa mère quel jour
elle a accouché de lui[6]; qui, ne sachant
que dire[7], apprend que l'eau de sa citerne
est fraiche, qu'il croit dans son jardin de
bons légumes, ou que sa maison est ouverte à tout le monde comme une hotellerie;
qui s'empresse de faire connoitre à ses
hôtes un parasite[8] qu'il a chez lui; qui
l'invite, à table, à se mettre en bonne
humeur et à réjouir la compagnie.

---

1 Littéralement: „La malice innocente
„est une conduite qui incommode sans
„nuire."

2 Le grec dit: „Ce mauvais plaisant
„est capable de réveiller un homme qui
„vient de s'endormir, en entrant chez lui
„pour causer."

3 Ou, d'après le citoyen Coray, „Prêt
„à s'embarquer pour quelque voyage, il
„se promène sur le rivage, et empéche qu'on
„ne mette à la voile, en priant ceux qui
„doivent partir avec lui d'attendre qu'il
„ait fini sa promenade."

4 Casaubon a prouvé que c'étoit là la
manière ordinaire de donner à manger
aux enfants; mais par cette raison même,
et d'après le sens littéral du grec, je crois
qu'il faut traduire: ,,Il mâche quelque
,,chose comme pour le lui donner, et
,,l'avale lui-même." Le manuscrit du Vatican ajoute, ,,et l'appelle plus malin que
,,son grand-père."

5 Théophraste lui fait dire ,,que la bile
,,qu'il a rendue étoit plus noire que la
,,sauce qui est sur la table," Ce trait et
le suivant me paroissent appartenir au
caractère précédent, à la place de ceux
que je crois avoir été distraits de celui-ci *).

6 Le manuscrit du Vatican ajoute ici
une phrase très obscure, et vraisemblablement altérée par les copistes. Il ne
paroit que Théophraste fait dire à ce mauvais plaisant, au sujet des douleurs de
sa mère, ,,Un moment bien doux a dû
,,précéder celui-là; et sans ces deux choses
,,il est impossible de produire un homme."

7 Cette transition est de La Bruyère:
les traits qui suivent me paroissent appartenir au caractère suivant ou au chap.
23. D'après les additions du manuscrit
du Vatican, il faut les traduire: ,,Il se
,,vante d'avoir chez lui d'excellente eau
,,de citerne, et de posséder un jardin qui
,,lui donne les légumes les plus tendres

*) Voyez la note 9 du chapitre précédent.

„en grande abondance. Il dit aussi qu'il
„a un cuisinier d'un rare talent, et que
„sa maison est comme une hotellerie,
„parce qu'elle est toujours pleine d'é-
„trangers; et que ses amis ressemblent au
„tonneau percé de la fable, puisqu'il ne
„peut les satisfaire en les comblant de
„bienfaits." Les traits suivants sont encore d'un genre différent, et conviendroient
mieux au chap. 13 ou au chap. 11:
„Quand il donne un repas, il fait conoître
„son parasite à ses convives; et les pro-
„voquant à boire, il dit que celle qui
„doit amuser la compagnie est toute prête,
„et que, dès qu'on voudra, il la fera
„chercher chez l'entrepreneur, pour faire
„de la musique et pour égayer tout le
„monde. *)" Ces nombreuses transpositions
favorisent l'opinion de ceux qui croient
que l'ouvrage de Théophraste d'où ces
caractères sont extraits avoit une forme
toute différente de celle de ces fragmens.

§ Mot grec qui signifie celui qui ne
mange que chez autrui. *La Bruyère.*

*) Voyez chap. 9, note 4, et chap. 11,
note 5.

CHAPITRE XXI.

De la sotte vanité [1].

La sotte vanité semble être une passion inquiète de se faire valoir par les plus petites choses, ou de chercher dans les sujets les plus frivoles du nom et de la distinction. Ainsi un homme vain, s'il se trouve à un repas, affecte toujours de s'asseoir proche de celui qui l'a convié ; il consacre à Apollon la chevelure d'un fils qui lui vient de naître ; et dès qu'il est parvenu à l'âge de puberté, il le conduit lui-même à Delphes, lui coupe les cheveux, et les dépose dans le temple comme un monument d'un voeu solennel qu'il a accompli [2]. Il aime à se faire suivre par un More [3]. S'il fait un paiement, il affecte que ce soit dans une monnoie toute neuve, et qui ne vienne que d'être frappée [4]. Après qu'il a immolé un boeuf devant quelque autel, il se fait réserver la peau du front de cet animal, il l'orne de rubans et de fleurs, et l'attache à l'endroit de sa maison le plus exposé à la vue de ceux qui passent [5], afin que personne du peuple n'ignore qu'il a sacrifié un boeuf. Une autre fois, au retour d'une cavalcade [6] qu'il aura faite avec d'autres citoyens, il renvoie chez soi par un valet tout son équipage, et ne garde qu'une riche robe dont il est habillé, et qu'il traîne le reste du jour dans la place publique. S'il lui meurt un petit chien, il l'enterre, lui dresse une épitaphe avec ces mots : *Il étoit de race de Malte* 7. Il consacre un anneau à Esculape, qu'il use à force d'y pendre des couronnes de fleurs. Il se parfume tous les jours 8. Il remplit avec un grand faste tout le temps de sa magistrature 9, et sortant de charge, il rend compte au peuple avec ostentation des sacrifices qu'il a faits, comme du nombre et de la qualité des victimes qu'il a immolées. Alors, revêtu d'une robe blanche et couronné de fleurs, il paroît dans l'assemblée du peuple : ,,Nous pou-,,vons, dit-il, vous assurer, ô Athéniens, ,,que pendant le temps de notre gouver-,,nement nous avons sacrifié à Cybèle, et ,,que nous lui avons rendu des honneurs ,,tels que le mérite de nous la mère des ,,dieux : espérez donc toutes choses heu-,,reuses de cette déesse." Après avoir parlé ainsi, il se retire dans sa maison, où il fait un long récit à sa femme de la manière dont tout lui a réussi au-delà même de ses souhaits.

---

1 Le mot employé par Théophraste signifie littéralement *l'ambition des petites choses.*

2 Le peuple d'Athènes, ou les personnes plus modestes, se contentoient d'assembler leurs parents, de couper en leur présence les cheveux de leur fils parvenu à l'âge de puberté, et de les consacrer ensuite à Hercule, ou à quelque autre divinité qui avoit un temple dans la ville. *La Bruyère.* Le grec dit seulement: „Il con-„duit son fils à Delphes pour lui faire „couper les cheveux." C'étoit, selon Plu-tarque dans la vie de Thésée, l'antique usage d'Athènes lorsqu'un enfant étoit parvenu à l'âge de puberté. Il me paroit que cette coupe des cheveux étoit diffé-rente de celle qui avoit lieu lors de l'inscrip-tion dans la curie, et dont il a été parlé au chapitre 10, note 4. On peut consul-ter, sur les différentes formalités par les-quelles les enfants passoient successivement pour arriver enfin au rang de citoyen, le Voyage du jeune Anacharsis, chap. 26.

3 Anciennement ces Nègres étoient fort chers, *) au lieu que sous les empereurs romains ils étoient moins estimés que d'autres esclaves **).

4 Le manuscrit du Vatican insère ici: „Il „achète une petite echelle pour le geai qu'il „nourrit chez lui, et fait faire un petit

---

*) Voyez Térence, Eunuch. act. I, scène 2, v. 85.

**) Voyez Visconti, in Mus. Pio Clem. III, pl. 35. Voyez aussi le caractère du Glo-rieux, tiré des Rhétoriques ad Herennum.

„bouclier de cuivre que l'oiseau doit por-
„ter lorsqu'il sautille sur cette échelle."

5 Le grec ne parle pas de la peau du
front seulement, mais de toute la partie
antérieure de la tête; et cet usage paroît
avoir donné lieu à l'ornement des frises
des entablements anciens, composé d'une
suite de crânes de taureaux liés par des
festons de laine.

6 Le grec parle d'une parade du corps de
la cavalerie d'Athènes; ce corps de 1200
hommes étoit composé des citoyens les
plus riches et les plus puissants. C'est
pour faire voir à tout le monde qu'il sert
dans cette élite, que ce vaniteux se promène dans la place publique en gardant
son habit de cérémonie, que, selon le
véritable sens du texte, il retrousse élégamment. Le manuscrit du Vatican ajoute,
„et ses éperons". On voit encore aujour-
d'hui une pompe ou procession de ce genre,
sculptée par Phidias, ou sur ses dessins,
dans la grande frise du temple de Minerve
à Athènes; elle est représentée dans Stuart,
au commencement du vol. 2.

7 Cette île portoit de petits chiens fort
estimés. La Bruyère. Le grec dit: „Il
„lui dresse un monument et un cippe sur
„lequel il fait graver, etc."

8 La Bruyère et tous ceux qui ont séparé
ce trait du précédent n'ont pas fait attention que le grec ne parle pas de parfums
extraordinaires, et que se frotter d'huile

tous les jours n'étoit pas un effet de la
vanité à Athènes, mais un usage ordinaire *).
Par cette raison, et d'après le manuscrit
du Vatican, il faut traduire: ,,Il suspend
,,un anneau dans le temple d'Esculape,
,,et l'use à force d'y suspendre des fleurs
,,et d'y verser de l'huile.'' D'après M.
Schneider, cet anneau étoit apparemment
de la classe de ceux auxquels on attribuoit
des vertus médicales, et c'est par reconnoissance de quelque guérison que le vaniteux le suspend. Les couronnes de fleurs
renouvelées souvent rappellent ce vers de
Virgile, Aeneid. I, 416:

Thure calent arae, sertisque recentibus halant.

9 La Bruyère a beaucoup altéré ce trait.
Le grec porte: ,,Il intrigue auprès des pry-
,,tanes pour que ce soit lui que l'on charge
,,d'annoncer au peuple le résultat des sa-
,,crifices: alors revêtu d'un habit magni-
,,fique, et portant une couronne sur la
,,tête, il dit avec emphase: O citoyens
,,d'Athènes, nous, les prytanes, avons
,,sacrifié à la mère des dieux; le sacrifice
,,a été bien reçu, et il est d'un heureux
,,présage; recevez-en les fruits, etc.'' Voyez
sur les prytanes la table 3, ajoutée au Voyage d'Anacharsis, et le chap. 14 du corps
de l'ouvrage. Les sacrifices que les prési-

*) Voyez chap. 5, note 4.

dents des prytanes faisoient trois ou quatre
fois par mois s'adressoient à différentes
divinités, il se peut que l'abréviateur ou
les copistes aient omis quelques noms;
peut-être aussi s'agit il d'un sacrifice à
Vesta, dont le culte étoit confié particu-
lierement à ces magistrats, et qui a été
confondue plusieurs fois par les anciens
avec Cybèle. Voyez la dissertation de
Spanheim dans le cinquième volume du
Trésor de Graevius.

CHAPITRE XXII.

De l'avarice.

Ce vice est dans l'homme, un oubli de
l'honneur et de la gloire, quand il s'agit
d'éviter la moindre dépense [1]. Si un tel
homme a remporté le prix de la tragédie
[2], il consacre à Bacchus des guirlandes
ou des bandelettes faites d'écorce de bois
[3], et il fait graver son nom sur un présent
si magnifique. Quelquefois, dans les temps
difficiles, le peuple est obligé de s'assembler pour régler une contribution capable
de subvenir aux besoins de la république;
alors il se lève et garde le silence [4], ou
le plus souvent il fend la presse et se retire.
Lorsqu'il marie sa fille, et qu'il sacrifie,

selon la coutume, il n'abandonne de la
victime que les parties seules qui doivent
être brûlées sur l'autel [5]; il réserve les
autres pour les vendre; et comme il manque
de domestiques pour servir à table et être
chargés du soin des noces [6], il loue des
gens pour tout le temps de la fête, qui
se nourrissent à leurs dépens, et à qui
il donne une certaine somme. S'il est capitaine de galère, voulant ménager son
lit, il se contente de coucher indifféremment avec les autres su. de la natte qu'il
emprunte de son pilote [7]. Vous verrez
une autre fois cet homme sordide acheter
en plein marché des viandes cuites, toutes
sortes d'herbes, et les porter hardiment
dans son sein et sous sa robe: s'il l'a un
jour envoyée chez le teinturier pour la
détacher, comme il n'en a pas une seconde pour sortir, il est obligé de garder
la chambre. Il sait éviter dans la place
la rencontre d'un ami pauvre qui pourroit
lui demander, comme aux autres, quelque
secours [8]; il se détourne de lui, et re-
prend le chemin de sa maison. Il ne donne
point de servantes à sa femme [9], content
de lui en louer quelques-unes pour l'accompagner à la ville toutes les fois qu'elle
sort. Enfin, ne pensez pas que ce soit un
autre que lui qui balaye le matin sa chambre, qui fasse son lit et le nettoie. Il faut
ajouter qu'il porte un manteau usé, sale
et tout couvert de taches; qu'en ayant

honte lui-même, il le retourne quand il
est obligé d'aller tenir sa place dans quelque assemblée [10].

---

[1] La définition de cette nouvelle nuance
d'avarice est certainement altéré dans le
grec; je crois qu'il faut corriger ἀπουσία
φιλ. δ. ἐχούσης le sens alors est celui
que *La Bruyère* a exprimé, et nul autre
ne peut convenir à ce caractère. La pré-
position ἀπό peut avoir été exprimée par
une ligature qu'un copiste a prise pour
περὶ; un correcteur a mis la veritable à la
marge; et on l'a inséréе par erreur à la place
où on la trouve à présent dans les manuscrits, et où elle ne forme qu'un barbarisme.

[2] Qu'il a faite ou récitée. *La Bruyère.*
Ou plutôt qu'il a fait jouer par des co-
médiens nourris et instruits à ses frais.
Voyez le caractère de la Magnificence,
selon Aristote, que j'ai placé à la suite
des *Caracteres* de *La Bruyère*, et qu'il
sera intéressant de comparer avec ce chapitre.

[3] Le texte dit simplement, „Il consacre
„à Bacchus une couronne de bois, sur
„laquelle il fait graver son nom.“

[4] Ceux qui vouloient donner se levoient
et offroient une somme; ceux qui ne vouloient
rien donner se levoient et se taisoient.

La Bruyère. Voyez le chap. 50 du jeune
Anacharsis.

5. C'étoient les cuises et les intestins.
La Bruyère. On partageoit la victime
entre les dieux, les prêtres, et ceux qui
l'avoient présentée. La portion des dieux
étoit brûlée, celle des prêtres faisoit partie
de leur revenu, et la troisième servoit à un
festin ou à des présents donnés par celui
qui avoit sacrifié. Voyage du jeune Anacharsis, chap. 21.

6 Cette raison est ajoutée par le traducteur: Le grec dit seulement : ,,Il oblige
,,les gens qu'il loue pour servir pendant
,,les noces à se nourrir chez eux.'' Les
noces des Athéniens étoient des fêtes
très·magnifiques: et on ne pouvoit pas
reprocher à un homme de n'avoir pas assez
de domestiques pour servir dans cette occasion; mais c'étoit une lésinerie que de
ne pas nourrir ceux qu'on louoit.

7 Le grec dit: ,,S'il commande une
,,galère qu'il a fournie à l'état, il fait
,,étendre les couvertures du pilote sous
,,le pont, et met les siennes en réserve.''
Les citoyens d'Athènes étoient obligés
d'équiper un nombre de galères propor-
tionné à l'état de leur fortune *). Les
triérarques avoient un cabinet particulier
nommé *la tente*; mais cet avare aime
mieux coucher avec l'équipage sous ce

*) Voyez le Voyage d'Anacharsis, chap. 56.

morceau de tillac qui se trouvoit entre les
deux tours. V. Pollux, I, 90. Dans les
galères modernes, les chevaliers de Malte
avoient, comme les triérarques d'Athènes,
un *tendelet*; et le capitaine couchoit,
comme ici le pilote, sous un bout de
pont ou de tillac qui s'appeloit *la tanque*.
 Le manuscrit du Vatican ajoute: „Il
est capable de ne pas envoyer ses enfants
„à l'école vers le temps où il est d'usage
„de faire des présents au maître, mais de
„dire qu'ils sont malades, afin de s'éparg-
„ner cette dépense."
 8 Par forme de contribution. Voyez les
chapitres de la Dissimulation et de l'Esprit
chagrin, *La Bruyère* *). Le manuscrit du
Vatican ajoute au commencement de cette
phrase, „s'il est prévenu que cet ami fait
„une collecte;" et à la fin, „et rentre
„chez lui par un grand détour."
 9 Le manuscrit du Vatican ajoute, „qui
„lui a porté une dot considérable;" et
continue, „mais il loue une jeune fille
„pour la suivre dans ses sorties:" car je
crois que c'est ainsi qu'il faut corriger et
entendre ce texte. Le passage de Pollux
que j'ai cité au chap. 1. note 6, s'oppose
à la manière dont M. Schneider a voulu
y suppléer: il est bien plus simple de
lire, ἐκ τῶν γυναικείων παιδίων, et c'est

*) Voyez chap. 1, note 3, et chap. 17, note 6.

un trait d'avarice de plus de ne ?.
qu'une femme. Cette conjecture ingénieuse
est du citoyen Visconti. Le manuscrit du
Vatican ajoute encore, ,,il porte des sou-
,,liers raccommodés et à double semelle,
,,et s'en vante en disant qu'ils sont aussi
,,durs que de la corne *)."

10. Ce dernier trait est tout à fait altéré
par cette traduction, et il me semble qu'au
cun éditeur n'en a encore saisi le véritable sens. Le grec dit: ,,pour s'asseoir il
,,roule le vieux manteau qu'il porte lui-mê-
,,me;" c'est-à-dire, au lieu de se faire suivre par un esclave qui porte un pliant, comme c'étoit l'usage des riches **), il épargne
cette dépense en s'asseyant sur son vieux
manteau.

CHAPITRE XXIII.

De l'ostentation.

Je n'estime pas que l'on puisse donner
une idée plus juste de l'ostentation qu'en
disant que c'est dans l'homme une passion de
faire montre d'un bien ou des avantages qu'il
n'a pas. Celui en qui elle domine s'arrête

*) Voyez chap. 4. note 2.
**) Voyez Aristophane IN EQUIT. V. 1381
et suiv., et Hesyen. In OKLAD.

dans l'endroit du Pirée [2] où les marchands
étalent, et où se trouve un plus grand nombre d'étrangers; il entre en matière avec
eux, il leur dit qu'il a beaucoup d'argent
sur la mer; il discourt avec eux des
avantages de ce commerce, des gains im-
menses qu'il y a à espérer pour ceux qui y
entrent, et de ceux sur tout que lui qui leur
parle y a faits [2]. Il aborde dans un voyage
le premier qu'il trouve sur son chemin, lui
fait compagnie, et lui dit bientôt qu'il a
servi sous Alexandre [3], quels beaux vases
et tout enrichis de pierreries il a rapportés
de l'Asie, quels excellents ouvriers s'y rencontrent, et combien ceux de l'Europe leur
sont inférieurs [4]. Il se vante dans une autre
occasion d'une lettre qu'il a reçue d'Antipater [5], qui apprend que lui troisième est entré dans la Macédoine. Il dit une autre fois
que, bien que les magistrats lui aient permis tels transports de bois [6] qu'il lui plai-
roit sans payer de tribut, pour éviter néanmoins l'envie du peuple il n'a point voulu
user de ce privilége. Il ajoute que, pendant
une grande cherté de vivres, il a distribué
aux pauvres citoyens d'Athènes jusques à
la somme de cinq talents [7]; et s'il parle à
des gens qu'il ne connoit point, et dont il
n'est pas mieux connu, il leur fait prendre
des jetons, compter le nombre de ceux à
qui il a fait ces largesses; et quoiqu'il monte à plus de six cents personnes, il leur
donne à tous des noms convenables, et a

près avoir supputé les sommes particulières qu'il a données à chacun d'eux, il sa trouve
qu'il en résulte, le double de ce qu'il
pensoit, et que dix talents y sont employés,
sans compter, poursuit-il, les galères que
j'ai armées à mes dépens, et les charges publiques que j'ai exercées à mes frais et sans
recompense[8]. Cet homme fastueux va chez
un fameux marchand de chevaux, fait sortir de l'écurie les plus beaux et les meilleurs, fait ses offres, comme s'il vouloit les
acheter. De même il visite les foires les plus
célèbres[9] entre sous les tentes des marchands, se fait déployer une riche robe, et
qui vaut jusqu'à deux talents; et il sort
en querellant son valet de ce qu'il ose le
suivre sans porter de l'or sur lui pour les
besoins où l'on se trouve[10]. Enfin, s'il
habite une maison dont il paye le loyer
il dit hardiment à quelqu'un qui l'ignore
que c'est une maison de famille, et qu'il a
héritée de son père; mais qu'il veut s'en
défaire, seulement parce qu'elle est trop
petite pour le grand nombre d'étrangers
qu'il retire chez lui[11].

---

*) Port à Athènes fort célèbre. *La Bru-
yère*. Le traducteur a exprimé par cette phrase
une correction de Casaubon que peut-être
le texte n'exigeoit point; le mot que donnent les manuscrits signifie la langue de terre
qui joint la péninsule du Pirée au continent,
et qui servoit de promenade aux Athéniens.

2 Le manuscrit du Vatican ajouté, ,,et des pertes :" et continue. ,,et en se vantant ainsi, il envoie son esclave à un comptoir où il n'a qu'une drachme à toucher."

3 Tous les manuscrits portent Evander, nom que l'on ne trouve point dans l'histoire de ce temps. Le manuscrit du Vatican ajoute, ,,et comment il étoit avec lui."

4 C'étoit contre l'opinion commune de toute la Grèce, *La Bruyère*. Cependant on faisoit venir d'Asie plusieurs articles de manufactures.*); et ce n'est que dans les beaux arts que les Grecs paroissent avoir eu une supériorité exclusive.

5 L'un des capitaines d'Aléxandre-le-Grand, et dont la famille régna quelque temps dans la Macédoine. *La Bruyère***). Dans le reste de la phrase il faut, je crois, adopter la correction d'Auber, et traduire, ,,qu'il ,,est arrivé dans la Macédoine en trois jours," ,,ou peut-être ,,depuis trois jours."

6 Parce que les pins, les sapins, les cyprès, et tout autre bois propre à construire des vaisseaux, étoient rares dans le pays attique, l'on n'en permettoit le transport en d'autres pays qu'en payant un fort gros tribut. *La Bruyère*. Je crois, avec le citoyen Coray, que ce trait a rapport à celui qui précède, et qu'il faut traduire, ,,et que ce prince lui ayant voulu permettre d'exporter

*) Voyez le Voyage du jeune Anacharsis, ch. 20 et 55.
**) Voyez chap. 8, note 6.

des bois de construction sans payer de droits,
il l'avoit refusé pour éviter les calomnies."
C'est de la Macédoine qu'on faisoit venir
ordinairement ces bois. Le manuscrit du
Vatican ajoute, d'après l'interprétation de
M. Schneider, „car il falloit bien être plus
raisonnable que les Macédoniens." Cette
faveur d'un roi étranger auroit pu compro-
mettre un Athénien, ou du moins lui attirer
l'envie et la haine d'une partie de ses concitoyens.

7 Un talent attique dont il s'agit valoit
soixante mines attiques; une mine, cent
drachmes; une drachme, six oboles. Le talent attique valoit quelque six cents écus de
notre monnoie. *La Bruyère*. D'après l'éva-
luation de M. Barthelemy, le talent que
La Bruyère n'estime qu'environ 1800 livres
en valoit 5400. Le manuscrit du Vatican
ajoute, „car je ne sais ce que c'est que de
refuser."
Le grec ne joint pas le trait suivant à
celui-ci, et y parle de ce genre de collectes
nommées *Eranhes*, dont il a été question
au chap. 1, note 3.

8 On peut consulter sur les charges oné-
reuses d'Athènes le Voyage du jeune Anacharsis, chap. 24 et chap. 56. Elles consistoient en repas à donner, en choeurs à
fournir pour les jeux, en contributions pour
l'entretien des gymnases, etc. etc.

9 Le grec dit: „Il se rend aux boutiques des marchands, et y demande des étof-

tes précieuses, jusqu'à la valeur de deux talents, &c. „On peut substituer à la correction de Casaubon celle de Noise, ,, propo-
sée par le citoyen Visconti &c. &c. Voyez
& &c Coutume des anciens. *La Bruyère.*
& &c Par droit d'hospitalité. *La Bruyère.*
On peut comparer avec ce caractère celui
du Glorieux qu'on trouvera à la suite de cet
ouvrage, et qui est tiré des livres de rhétorique addressés à Hérennius.

CHAPITRE XXIV.

De L'orgueil.

Il faut définir l'orgueil, une passion qui
fait que de tout ce qui est au monde l'on
n'estime que soi. Un homme fier et superbe
n'écoute pas celui qui l'aborde dans la place
pour lui parler de quelque affaire; mais,
sans s'arrêter, et se faisant suivre quelque
temps, il lui dit enfin qu'on peut le voir
après son souper 1. Si l'on a reçu de lui
le moindre bienfait, il ne veut pas qu'on
en perde jamais le souvenir; il le reproche-
ra en pleine rue, à la vue de tout le monde.
N'attendez pas de lui qu'en quelque endroit
qu'il vous rencontre, il s'approche de vous,
et qu'il vous parle le premier : de même,
au lieu d'expédier sur le champ des marchands ou des ouvriers, il ne feint point de

les renvoyer au ledemain matin, et à l'heure
de son lever. Vous le voyez marcher dans
les rues de la ville la tête baissée, sans
daigner parler à personne de ceux qui vont
et viennent [3]. S'il se familiarise quelquefois
jusques à inviter ses amis à un repas, il
prétexte des raisons [4] pour ne pas se mettre
à table et manger avec eux, et il charge ses
principaux domestiques du soin de les régaler. Il ne lui arrive point de rendre visite
à personne sans prendre la précaution d'envoyer quelqu'un des siens pour avertir qu'il
va venir [5]. On ne le voit point chez lui
lorsqu'il mange ou qu'il se parfume [6]. Il ne
se donne pas la peine de régler lui-même
des parties: mais il dit négligemment à un
valet de les calculer, de les arrêter, et des
passer à compte. Il ne saint point écrire
dans une lettre, ,,Je vous prie de me faire ce
plaisir, ou ,,de me rendre ce service:" mais,
,,j'entends que cela soit ainsi; j'envoie une
,,homme vers vous pour recevoir une tell
,,chose; je ne veux pas que l'affaire se passe
,,autrement; faites ce que je vous dis promp-
,,tement et sans différer." Voilà son style.

_____

1) Littéralement, ,,L'orgueilleux est ca-
,,pable de dire à celui qui est pressé de le
,,voir immédiatement après le diner, que cela
,,ne peut se faire qu'à la promenade."

2) D'après le manuscrit du Vatican. ,,S'il
,,fait du bien à quelqu'un, il lui recomman-

„de s'en souvenir: si on le choisit pour ar-
„bitre, il juge la cause en marchant dans
„les rues; s'il est élu pour quelque magi-
„strature, il la refuse, en affirmant par ser-
„ment qu'il n'a pas le temps de s'en charger.
„Je corrige le verbe qui commence la secon-
„de phrase, en βαδίζων

3 Le manuscrit du Vatican ajoute, „ou
„bien portant la tête haute, quand bon lui
„semble."

4 C'est le traducteur qui a ajouté cet
adoucissement.

5 Voyez le chap. 2, *de la flatterie. La
Bruyère.*

6) Avec des huiles de senteur. *La Bruyere* *). Le manuscrit du Vatican ajoute, „ou
„lorsqu'il se lave."

CHAPITRE XXV.

De la peur, ou du défaut de courage.

Cette crainte est un mouvement de l'âme
qui s'ébranle, ou qui cede en vue d'un pé-
ril vrai ou imaginaire; et l'homme timide est
celui dont je vais faire la peinture. S'il lui arrive d'être sur la mer, et s'il aperçoit de loin
des dunes ou des promontoires, la peur lui fait
croire que c'est le débris de quelques vais-

*) Voyez chap. 5, note 4.

seaux qui ont fait naufrage sur cette côte [1] ;
aussi tremble-t-il au moindre flot qui s'élève, et il s'informe avec soin si tous ceux
qui naviguent avec lui sont initiés [2] : s'il
vient à remarquer que le pilote fait une nouvelle manœuvre, ou semble se détourner
comme pour éviter un écueil, il l'interroge,
il lui demande avec inquiétude s'il ne croit
pas s'être écarté de sa route, s'il tient toujours la haute mer, et si les dieux sont pro-
pices [3] : après cela il se met à raconter une
vision qu'il a eue pendant la nuit, dont il
est encore tout épouvanté, et qu'il prend
pour un mauvais présage. Ensuite, ses fray-
eurs venant à croître, il se déshabille et ôte
jusques à sa chemise, pour pouvoir mieux
se sauver à la nage ; et après cette précaution, il ne laisse pas de prier les nautoniers
de le mettre à terre. [4] Que si cet homme
foible, dans une expédition militaire où il
s'est engagé, entend dire que les ennemis
sont proches, il appelle ses compagnons
de guerre, observe leur contenance sur ce
bruit qui court, leur dit qu'il est sans
fondement, et que les coureurs n'ont pu
discerner si ce qu'ils ont découvert à la
campagne sont amis ou ennemis [5] : mais
si l'on n'en peut plus douter par les
clameurs que l'on entend, et s'il a vu
lui-même de loin le commencement du
combat, et que quelques hommes aient
paru tomber à ses yeux ; alors, feignant
que la précipitation et le tumulte lui ont

fait oublier ses armes [6], il court les quérir
dans sa tente, où il cache son épée sous
le chevet de son lit, et emploie beaucoup
de temps à la chercher; pendant que,
d'un autre côté, son valet va, par ses
ordres, savoir des nouvelles des ennemis,
observe quelle route ils ont prise, et où
en sont les affaires; et dès qu'il voit apporter au camp quelqu'un tout sanglant
d'une blessure qu'il a reçue, il accourt
vers lui, le console et l'encourage [7],
étanche le sang qui coule de sa plaie,
chasse les mouches qui l'importunent, ne
lui refuse aucun secours, et se mêle de
tout, excepté de combattre. Si, pendant
le temps qu'il est dans la chambre du
malade, qu'il ne perd pas de vue, il
entend la trompette qui sonne la charge:
Ah! dit il avec imprécation, puisses-tu être
pendu [8], maudit sonneur, qui cornes in-
cessament, et fais un bruit enragé qui
empêche ce pauvre homme de dormir!
Il arrive même que, tout plein d'un sang
qui n'est pas le sien, mais qui a rejailli
sur lui de la plaie du blessé, il fait ac-
croire [9] à ceux qui reviennent du combat
qu'il a couru un grand risque de sa vie
pour sauver celle de son ami: il conduit
vers lui ceux qui y prennent intérêt, ou
comme ses parents, ou parce qu'ils sont
d'un même pays [10], et là il ne rougit
pas de leur raconter quand et de quelle

manière il a tiré cet homme des ennemis, et l'a apporté dans sa tente.

---

1 Le grec dit, ,,Sur mer il prend des ,,promontoires pour des galères de pirates."

2 Les anciens naviguoient rarement avec ceux qui passoient pour impies; et ils se faisoient initier avant de partir, c'est-à-dire, instruire des mystères de quelque divinité, pour se la rendre propice dans leurs voyages. Voyez le chap. 16 *de la superstition. La Bruyère.*

Les mystères dont il s'agit ici sont ou ceux d'Éleusis, dans lesquels, d'après la religion populaire des Grecs, tout le monde devoit être initié; ou bien ceux de Samothrace, qui étoient censés avoir la vertu particulière de préserver leurs initiés des naufrages.

3 Ils consultoient les dieux par les sacrifices, ou par les augures, c'est-à-dire, par le vol, le chant et le manger des oiseaux, et encore par les entrailles des bêtes. *La Bruyère.* Le grec porte: ,,Il lui ,,demande ce qu'il pense *du Dieu;*" et je crois avec Fischer et Coray que cela veut dire ,,ce qu'il présume de l'état du ciel." Jupiter, ou le dieu par excellence, présidoit sur-tout aux révolutions de l'atmosphère. On peut même observer en général que la météorologie paroît avoir été la base primitive ou du moins la première occa-

tion de la religion des Grecs. C'est ce qui
devoit arriver dans un pays entrecoupé par
des montagnes et entouré de la mer. Les
religions antiques des grands continents ouverts et plats devoient au contraire être fondées principalement sur l'astronomie. Des
traditions historiques se sont ensuite con-
fondues avec les sentiments vagues de crainte, de reconnaissance et d'admiration, que
produisoient les révolutions de la nature.
Des allégories et des idées morales y ont
été jointes dès les commencements de la civilisation; mais la suite des siècles, et sur-
tout les temps de malheur et d'oppression,
ont plongé les peuples dans les superstitions les plus grossières, tandis qu'un petit
nombre de sages s'élevoit à des sentiments
plus purs et à des conceptions plus vastes
et plus lumineuses.

4 Le grec porte: „Il se déshabille, donne sa tunique à son esclave, et prie qu'on
l'approche de la terre, pour la gagner à la
nage et se mettre ainsi en sûreté.

5 D'après le manuscrit du Vatican, il
faut traduire ce passage: „S'il fait une
campagne dans l'infanterie, il appelle à
„soi ceux qui courent aux armes pour com-
„mencer l'attaque, et leur dit de s'arrêter
„d'abord, et de regarder autour d'eux, car
„il est difficile de discerner si ce sont les
„ennemis."

6 Plus littéralement: „Mais quand il en-
„tend le bruit du combat, quand il voit

La Bruyère. T. IV.   L

„des hommes tomber; alors il dit à ceux
„qui l'entourent qu'à force d'empressement
„il a oublié son épée, etc."

7 Le manuscrit du Vatican ajoute: „es-
„saie de le porter, et puis s'assied à côté
„de lui, etc."

8 Le grec dit, „puisses tu devenir la pâ-
„ture des corbeaux !"

9 Le texte porte : „Il va à la rencontre
„de ceux qui reviennent du combat, et leur
„dit, etc."

10 D'après le manuscrit du Vatican, „il
„conduit vers lui ceux de sa bourgade ou
de sa tribu."

CHAPITRE XXVI.

Des grands d'une république [1].

La plus grande passion de ceux qui ont
les premières places dans un état populaire
n'est pas le desir du gain ou de l'accroisse-
ment de leurs revenus, mais une impatien-
ce de s'agrandir, et de se fonder, s'il se
pouvoit, une souveraine puissance sur la
ruine de celle du peuple [2]. S'il s'est as-
semblé pour délibérer à qui des citoyens il
donnera la commission d'aider de ses soins
le premier magistrat dans la conduite d'une
fête ou d'un spectacle, cet homme ambi-
tieux, et tel que je viens de le définir, se

lève, demande cet emploi, et proteste que nul autre ne peut si bien s'en acquitter [3]. Il n'approuve point la domination de plusieurs [4]; et de tous les vers d'Homère il n'a retenu que celui-ci:

Les peuples sont heureux quand un seul les gouverne.

Son langage le plus ordinaire est tel: Retirons-nous de cette multitude qui nous environne; tenons ensemble un conseil particulier où le peuple ne soit point admis; essayons même de lui fermer le chemin à la magistrature [5]. Et s'il se laisse prevenir contre une personne d'une condition privée, de qui il croie avoir reçu quelque injure, „Cela, dit-il, ne se peut souffrir, „et il faut que lui ou moi abandonnions la „ville." Vous le voyez se promener dans la place, sur le milieu du jour, avec des ongles propres, la barbe et les cheveux en bon ordre [6]; repousser fièrement ceux qui se trouvent sur ses pas; dire avec chagrin aux premiers qu'il rencontre que la ville est un lieu où il n'y a plus moyen de vivre [7]; qu'il ne peut plus tenir contre l'horrible foule des plaideurs, ni supporter plus long-temps les longueurs, les crieries et les mensonges des avocats [8]; qu'il commence à avoir honte de se trouver assis dans une assemblée publique, ou sur les tribunaux, auprès d'un homme mal habillé, sale, et qui dégoûte; et qu'il n'y a pas

un seul de ces orateurs dévoués au peuple
qui ne lui soit insupportable 9. Il ajoute
que c'est Thésée qu'on peut appeler le premier auteur de tous ces maux 10 ; et il fait.
de pareils discours aux étrangers qui arrivent dans la ville, comme à ceux 11 avec.
qui il sympathise de moeurs et de sentiments.

----

1 J'aurois intitulé ce chapitre, *de l'ambition oligarchique.*

2 D'après les différentes corrections dont
ce passage est susceptible, il faut traduire,
ou ,,l'oligarchie est une ambition qui desire
,,un pouvoir fixe," ou bien ,,qui desire vi-
,,vement de s'enrichir" Les deux versions
présentent une opposition à l'ambition des
démagogues, qui ne briguent qu'une autorité passagère, et qui recherchent plutôt
l'autorité que les richesses. Selon Aristote,
l'oligarchie est une aristocratie dégénérée
par le vice des gouvernants, qui admi-
nistrent mal et s'approprient injustement la
plupart des droits et des biens de l'état,
conservent toujours les mêmes personnes
dans les places, et s'occupent sur-tout à
s'enrichir.

3 La fin de cette phrase étoit très-muti-
lée dans l'ancien texte, et *La Bruyère* l'a
traduite d'après les conjectures de Casaubon. Le manuscrit du Vatican, en y faisant une légère correction que le sens exige

impérieusement, porte : „Le partisan de
„l'oligarchie s'y oppose, et dit qu'il faut
„donner à l'archonte un pouvoir illimité ;
„et si l'on proposoit d'adjoindre à ce magis-
„trat dix citoyens, il persisteroit à dire
„qu'un seul suffit." On peut voir dans le
chapitre 34 du Voyage du jeune Anacharsis les formalités ordinaires de la direction
des cérémonies publiques.

4 Le traducteur a ajouté ces mots; Théophraste n'indique cette opinion que par le
vers d'Homère, dont la traduction littérale
est, „la multiplicité des chefs ne vaut rien,
„il faut qu'un seul gouverne." Il, II, v.
204.

5 Le grec dit : „Cessons de fréquenter
„les gens en place." Et d'après le manuscrit du Vatican la phrase continue, „et
„s'il en a été offensé ou mortifié personnel-
„lement, il dit: il faut qu'eux ou nous
„abandonnions la ville." On se rappelle
que, du temps même de Théophraste, le
gouvernement d'Athènes fut changé deux
fois par des chefs macédoniens. L'exil des
chefs du parti vaincu étoit une suite ordinaire des révolutions de ce genre.

6 Le grec dit „d'une coupe moyenne *)."
Le manuscrit du Vatican ajoute, „relevant
„élégamment son manteau **)."

7 Le manuscrit du Vatican ajoute : „à
„cause des délateurs."

*) Voyez chap. 4, note 9.
**) Voyez la note 10 du discours sur Théo-
phraste.

8 Le même manuscrit ajoute ici: ,,qu'il ,,ne sait ce que pensent les hommes qui se ,,mêlent des affaires de l'état, tandis que ,,les fonctions publiques sont si désagréa- ,,bles à cause de l'espèce de gens qui les ,,confère et en dispose." C'est ainsi du moins que je crois que l'on peut expliquer la fin de cette phrase très-obscure dans le grec.

9 Nous trouvons encore dans la même source l'addition suivante: ,,Quand cesse- ,,rons-nous d'être ruinés par des charges ,,onéreuses qu'il faut supporter: et des ga- ,,lères qu'il faut équiper?"

10 Thésée avoit jeté les fondements de la république d'Athènes, en établissant l'é- galité entre les citoyens. *La Bruyère.* Le manuscrit du Vatican ajoute au texte, ,,car ,,c'est lui qui a réuni les douze villes, et ,,qui a aboli la royauté; mais aussi par une ,,juste punition il en fut la première victi- ,,me." Mais ces traditions appartiennent plutôt à la fable qu'à l'histoire *).

11 ,,De ses concitoyens." — M. Barthe- lemy a imité ce caractère presque en entier dans son chap. 28, et y a inséré fort ingé- nieusement plusieurs traits semblables pris dans d'autres auteurs anciens.

*) Voyez Pausanias, in Atticis, chap. 3.

CHAPITRE XXVII.

D'une tardive instruction.

Il s'agit de décrire quelques inconvénients où tombent ceux qui, ayant méprisé dans leur jeunesse les sciences et les exercices, veulent réparer cette négligence, dans un âge avancé, par un travail souvent inutile [1]. Ainsi un vieillard de soixante ans s'avise d'apprendre des vers par coeur, et de les réciter à table dans un festin [2], où, la mémoire venant à lui manquer, il a la confusion de demeurer court. Une autre fois, il apprend de son propre fils les évolutions qu'il faut faire dans les rangs à droite ou à gauche, le maniement des armes [3], et quel est l'usage à la guerre de la lance et du bouclier. S'il monte un cheval [4] que l'on lui a prêté, il le presse de l'éperon, veut le manier; et, lui faisant faire des voltes ou des caracoles, il tombe lourdement et se casse la tête [5]. On le voit tantôt pour s'exercer au javelot le lancer tout un jour contre l'homme de bois [6], tantôt tirer de l'arc, et disputer avec son valet lequel des deux donnera mieux dans un blanc avec des flèches; vouloir d'abord apprendre de lui, se mettre ensuite à l'instruire et à le corriger, comme s'il étoit le plus habile. Enfin, se voyant

tout nu au sortir d'un bain, il imite les
postures d'un lutteur; et, par le défaut
d'habitude, il les fait de mauvaise grace,
et il s'agite d'une manière ridicule 7.

---

1 Le texte définit ce caractère : „un goût
„pour des exercices qui ne conviennent pas
„à l'âge où l'on se trouve."

2 Voyez le chapitre *de la brutalité. La
Bruyère.* Chap. 15, note 5.

3 Au lieu de la fin de cette phrase que
La Bruyère a ajoutée au texte, le manuscrit du Vatican ajoute, d'après une conjecture ingénieuse du citoyen Coray : „et
„en arrière." Ce manuscrit continue : „Il
„se joint à des jeunes gens pour faire une
„course avec des flambeaux en l'honneur
„de quelque héros. S'il est invité à un
„sacrifice fait à Hercule, il jette son man-
„teau, et saisit le taureau pour le terras-
„ser; et puis il entre dans la palestre pour
„s'y livrer encore à d'autres exercices. Dans
„ces petits théâtres des places publiques où
„l'on répète plusieurs fois de suite le même
„spectacle, il assiste à trois ou quatre re-
„présentations consécutives pour apprendre
„les airs par coeur. Dans les mystères de
„Sabasius, il cherche à être distingué par-
„ticulièrement par le prêtre. Il aime des
„courtisanes, enfonce leurs portes, et plai-
„de pour avoir été battu par un rival." On
peut consulter sur les courses de flambeaux le

chap. 24 du jeune Anarcharsis; et l'on peut voir au vol. II, planche 3, des vases de Hamilton, un sacrifice fait par de jeunes athlètes qui cherchent à terrasser un taureau. Cette explication du dessin que représente cette planche est du moins bien plus naturelle que celle qu'en donne le texte de Hamilton; et Pausanias parle quelque part d'un rite de ce genre. Les distinctions que brigue ce vieillard dans les mystères de Sabasius, c'est-à-dire de Bacchus, sont d'autant plus ridicules, que les femmes concouroient à ces mystères *).

J'ai suivi, dans la dernière phrase de cette addition, les corrections du critique anonyme de la gazette littéraire de Jena.

4 Le grec porte: ,,S'il va à la campagne avec un cheval, etc.''

5 Le manuscrit du Vatican ajoute ici une phrase vraisemblablement altérée par les copistes. D'après Schneider, il faudroit traduire, ,,il fait des pique-niques de onze ,,litres.'' c'est-à-dire, de onze oboles. ,,Reste à savoir, dit cet éditeur, pourquoi ,,cela est ridicule.'' Peut-être faut-il rapporter le fragment de l'auteur comique Sophron, ,,Le décalitre en est le prix,'' aux Femmes mimes, titre de la pièce d'où ce fragment nous est conservé par

*) Voyez Aristophane, IN LYSYSTRATA v. 388; voyez aussi Démosth. PRO COR. page 244.

Pollux, l. IV, segm. 173, et supposer
que le décalitre fût le prix ordinaire des
jeux indécents et des complaisances de
ces femmes, et une espèce de surnom
qu'on leur donnoit. On pourroit alors corriger ce passage ἐν δεκαλίτραις, et traduire: ,,Il fait des pique-niques chez des
,,danseuses.'' Mais peut être aussi faut-il
traduire tout simplement, ,,il rassemble,
,,à force de prières, des convives pour
,,manger avec lui à frais communs.''

6 Une grande statue de bois qui étoit
dans le lieu des exercices, pour apprendre
à darder. *La Bruyère.* Cette explication
est une conjecture ingénieuse de Casaubon; elle est confirmée en quelque sorte
par une lampe antique sur laquelle le citoyen Visconti a vu le *palus* contre lequel s'exerçoient les gladiateurs, revêtu
d'habillements militaires. La traduction littérale de ce passage tel que le donne le
manuscrit du Vatican seroit: ,,Il joue à
,,la grande statue avec son esclave;'' ce
qui, par une suite de la même explication, pourroit être rendu par l'expression
moderne ,,*il tire au mur* avec son esclave.''
Ce manuscrit continue: ,,Il tire de l'arc
,,ou lance le javelot avec le pédagogue
,,de ses enfants.''

7 Littéralement, ,,il s'exerce à la lutte
,,et agite beaucoup les hanches.'' Le manuscrit du Vatican ajoute, ,,afin de pa-
,,roître instruit,'' et continue; ,,Quand il

„se trouve avec des femmes, il se met
„à danser en chantant entre les dents
„pour marquer la cadence."

CHAPITRE XXVIII.

De la médisance.

Je définis ainsi la médisance, une pente secréte de l'ame à penser mal de tous les hommes, laquelle se manifeste par les paroles. Et pour ce qui concerne le médisant, voici, ses moeurs: Si on l'interroge sur quelque autre, et que l'on lui demande quel est cet homme, il fait d'abord sa généalogie: son père, dit-il, s'appeloit Sosie [1], que l'on a connu dans le service, et parmi les troupes, sous le nom de Sosistrate; il a été affranchi depuis ce temps, et reçu dans l'une des tribus de la ville [2]; pour sa mère, c'étoit une noble Thracienne; car les femmes de Thrace, ajoute-t-il, se piquent la plupart d'une ancienne noblesse [3]; celui-ci, né de si honnêtes gens, est un scélérat qui ne mérite que le gibet. Et retournant à la mère de cet homme qu'il peint avec de si belles couleurs [4], elle est, poursuit il, de ces femmes qui épient sur les grands chemins [5] les jeunes gens au passage, et

qui, pour ainsi dire, les enlèvent et les
ravissent. Dans une compagnie où il se
trouve quelqu'un qui parle mal d'une personne absente, il relève la conversation :
Je suis, lui dit il, de votre sentiment ;
cet homme m'est odieux, et je ne le puis
souffrir : qu'il est insupportable par sa
physionomie ! y a-t-il un plus grand fripon
et des manières plus extravagantes ? Savez-vous combien il donne à sa femme
[6] pour la dépense de chaque repas ? trois
oboles [7], et rien davantage ; et croiriez-
vous que dans les rigueurs de l'hiver, et
au mois de décembre [8], il l'oblige de
se laver avec de l'eau froide ? Si alors
quelqu'un de ceux qui l'écoutent se lève
et se retire, il parle de lui presque dans
les mêmes termes [9]. Nul de ses plus fa-
miliers amis n'est épargné : les morts même dans le tombeau ne trouvent pas un
asile contre sa mauvaise langue [10].

---

1 C'étoit chez les Grecs un nom de
valet ou d'esclave. *La Bruyère*. Le grec
porte : ,,son père s'appeloit d'abord Sosie ;
,,dans les troupes il devint Sosistrate ; en
,,suite il fut inscrit dans une bourgade.‘‘
Le service militaire, quand la république
y appeloit des esclaves ou leur permettoit
d'y entrer, étoit un moyen de s'affran-
chir, dit l'auteur du Voyage du jeune

Anacharsis, chap, 6, sur des autorités anciennes.

2 Le peuple d'Athènes étoit partagé en diverses tribus. *La Bruyère.* Le texte parle de bourgades, sur lesquelles on peut voir le chap. 10, note 7. C'étoit là que se faisoit la première inscription. Voyez Démosth. *pro Cor.* page. 314.

3 Cela est dit par dérision des Thraciennes, qui venoient dans la Grèce pour être servantes, et quelque chose de pis. *La Bruyère.* M. Barthelmy., qui a imité ce caractère dans le chapitre 28 du Voyage du jeune Anacharsis, fait dire au médisant: ,,Sa mère est de Thrace, et sans ,,doute d'une illustre origine ; car les ,,femmes qui viennent de ce pays éloigné ,,ont autant de prétentions à la naissance ,,que de facilité dans les moeurs.'' Le manuscrit du Vatican ajoute, ,,Et cette ,,chère maîtresse s'appelle Krinokorax,'' nom dont la composition bizarre pouvoit faire rire aux dépens de cette femme: il signifie *corbeau de fleur de lis.*

4 C'est le traducteur qui a ajouté cette transition; et le manuscrit du Vatican indique clairement qu'il faut commencer ici un nouveau trait, et traduire: ,,Il dit mé-,,chamment à quelqu'un: AH! je connois ,,bien les femmes dont tu me parles, et ,,sur lesquelles tu te trompes fort; ce sont ,,de celles qui épient sur les grands che-,,mins, etc.'' Le même manuscrit fait en-

suite une autre addition fort obscure, et qui exige plusieurs corrections: on peut la traduire: „celle-ci sur-tout est très-habile „au métier; et ce que je vous dis des „autres n'est pas un conte en l'air: elles „se prostituent dans les rues, sont tou- „jours à la poursuite des hommes, et „ouvrent elles-mêmes la porte de leur „maison." Ce dernier trait a déjà été cité comme une rusticité de la part d'un homme; mais c'étoit sans doute un signe de prosti- tution dans une femme, qui devoit rester dans l'intérieur de son gynécée et n'en sortir que bien accompagnée.

5 La Bruyère, en supposant qu'il est question de la Thracienne, fait ici la note suivante: „Elles tenoient hôtellerie „sur les chemins publics, où elles se mé- „loient d'infâmes commerces."

6 Le manuscrit du Vatican ajoute: „qui lui a rapporté plusieurs talents en „dot, et qui lui a donné un enfant."

7 Il y avoit au-dessous de cette mon- noie d'autres encore de moindre valeur. *La Bruyère.* Aussi le grec parle-t-il de trois petites pièces de cuivre dont huit font une obole. L'obole est évaluée par M. Barthelemy à trois sous de notre mon- noie.

8 Le grec dit, „le jour de Neptune, „fête qui étoit au milieu de l'hiver, et „où peut-être on se boignoit en l'honneur „du dieu auquel elle étoit consacrée.

9 Le manuscrit du Vatican insère ici „une fois qu'il a commencé.

10 Il étoit défendu chez les Athéniens de parler mal des morts par une loi de Solon, leur législateur. *La Bruyère.* Il paroit en général par ces caractères, et par d'autres autorités, que les lois de Solon n'étoient plus guère observées du temps de Théophraste. Le manuscrit du Vatican ajoute: „et ce vice, il l'appelle „franchise, esprit démocratique, liberté, „et en fait la plus douce occupation de „sa vie." Le même manuscrit place encore ici une phrase fort singulière dont je crois, avec M. Schneider, qu'elle a été ajoutée par un lecteur chrétien qui n'avoit pas bien saisi l'esprit dans lequel ces caractères ont été écrits; je corrige le verbe inintelligible de cette phrase en ἐςερισμένος, et je traduis: „c'est ainsi „que celui qui est privé de la véritable „doctrine rend les hommes maniaques, „et leur donne des moeurs dépravées." Dans les manuscrits numérotés 1679, 2830 et 1389 de la bibliothèque nationale, et dans un manuscrit de la bibliothèque palatine, on ajoute de même, à la suite des caractères de Théophraste qui existent dans ces manuscrits, quelques phrases d'un grec barbare, qui ne peuvent pas être attribuées à l'auteur, et qui contiennent des réflexions sur les obstacles qu'éprouve

la vertu. On trouvera ce morceau dans
l'édition de Fischer, page 240.

CHAPITRE XXIX.

Du goût qu'on a pour les vicieux [1].

Le goût que l'on a pour les méchants
est le desir du mal. L'homme infecté de
ce vice est capable de fréquenter les gens
qui ont été condamnés pour leurs crimes
par tout le peuple [2], dans la vue de se
rendre plus formidable par leur commerce.
Si on lui cite quelques hommes distingués
par leurs vertus, il dira : „Ils sont vertueux
„comme tant d'autres. Personne n'est homme
„de bien, tout le monde se ressemble, et
„ces honnêtes gens ne sont que des hy-
„pocrites." „Le méchant seul, dit-il une
„autre fois, est vraiment libre." Si quelqu'un le consulte au sujet d'un méchant
homme [3]: il convient que ce que l'on en
dit est vrai: „Mais, ajoute t-il, ce que
„l'on ne sait pas, c'est que c'est un
„homme d'esprit, fort attaché à ses amis,
„et qui donne de grandes espérances."
Et il soutiendra qu'il n'a jamais vu un
hommes plus habile. Il est toujours dis-
posé en faveur de l'accusé traduit devant
l'assemblée du peuple, ou devant quelque
tribunal particulier; il est capable de s'as-

seoir à côté de lui, et de dire qu'il ne
faut point juger l'homme, mais le fait.
,,Je suis, dit-il, le chien du peuple, car
,,je garde ceux qui essuient des injustices
,,⁴. Nous finirions par ne plus trouver
,,personne qui voulût s'intéresser aux af-
,,faires publiques, si nous abandonnions ces
,,hommes ⁵.'' Il aime à se déclarer patron des gens les plus méprisables ⁶, et
à se rendre aux tribunaux pour y soutenir
de mauvaises affaires ⁷. S'il juge un procès, il prend dans un mauvais sens tout
ce que disent les parties. En général ⁸
l'affection pour les scélérats est soeur de
la scélératesse même, et rien n'est plus
vrai que le proverbe, ,,On recherche tou-
,,jours son semblable.''

---

1 Ce chapitre et le suivant n'ont été découverts que dans le siècle dernier. *).
On en connoissoit cependant les titres du
temps de Casaubon et de La Bruyère ;
et j'ai conservé la traduction que ce dernier en a donnée dans son discours sur
Théophraste:

2 Je pense qu'il faut sous-entendre,
,,et qui ont eu l'adresse de se soustraire
,,à l'effet des lois **).''

*) Voyez ma préface, page 1.
**) Voyez le ch. 18. du Voyage du jeune
Anacharsis.

3 J'ai cherché à remplir par ces mots une lacune qui se trouve dans le manuscrit; il me paroît qu'il est question d'un homme auquel on veut confier quelques fonctions politiques.

4 J'ai traduit comme si le participe grec étoit au passif; sans cette correction le sens seroit, „car je surveille ceux qui „veulent lui faire du tort." Le changement que je propose est nécessaire pour faire une transition à la phrase suivante.

5 Le citoyen Coray a observé que ces traits ont un rapport particulier avec l'orateur Aristogiton et son protecteur Philocrate *). Mais je n'ai point pu adopter toutes les conséquences que cet éditeur en tire pour le sens de notre auteur.

6 Les simples domiciliés d'Athènes, non citoyens. avoient besoin d'un patron parmi les citoyens, qui répondit de leur conduite **).

7 Tous les citoyens d'Athènes pouvoient être appelés à la fonction du juges par le sort; et ils devoient être souvent dans ce cas, puisque le nombre des juges des différents tribunaux s'élevoit à six mille ***).

8 Cette dernière phrase me paroît avoir été ajoutée par un glossateur.

*) Voyez le plaidoyer de Démosthéne contre le premire.
**) Voyez Anacharsis, chap. 6.
***) Voyez le Voyage du jeune Anacharsis, chap. 16.

CHAPITRE XXX.

Du gain sordide.

L'homme qui aime le gain sordide emploie les moyens les plus vils pour gagner ou pour épargner de l'argent 1. Il est capable d'épargner le pain dans ses repas; d'emprunter de l'argent à un étranger descendu chez lui 2; de dire, en servant à table, qu'il est juste que celui qui distribue reçoive une portion double, et de se la donner sur le champ. S'il vend du vin, il y mêlera de l'eau, même pour son amis. Il ne va au spectacle avec ses enfants, que lorsqu'il y a une représentation gratuite. S'il est membre d'une ambassade, il laisse chez lui la somme que la ville lui a assignée pour les frais du voyage, et emprunte de l'argent à ses collègues: en chemin il charge son esclave d'un fardeau au-dessus de ses forces, et le nourrit moins bien que les autres: arrivé au lieu de sa destination, il se fait donner sa part des présents d'hospitalité, pour la vendre. Pour se frotter d'huile au bain, il dira à son esclave, Celle que tu m'as achetée est rance; et il se servira de celle d'un autre. Si quelqu'un de sa maison trouve une petite monnoie de cuivre dans la rue, il en demandera sa part en disant : „Mer-

cure est commun." Quand il donne son
habit à blanchir, il en emprunte un autre
d'un ami, et le porte jusqu'à ce qu'on le
lui redemande, etc. Il distribue lui-même
les provisions aux gens de sa maison avec
une mesure trop petite [3], et dont le fond
est bombé en-dedans; encore a-t-il soin d'é-
galiser le dessus. Il se fait céder par ses amis,
et comme si c'étoit pour lui, des choses qu'il
revend ensuite avec profit. S'il a une dette
de trente mines à payer, il manquera toujours quelques drachmes à la somme. Si
ses enfants ont été indisposés et ont passé
quelques jours du mois sans aller à l'école
il diminue le salaire du maître à proportion;
et pendant le mois d'Anthestérion il ne les
y envoie pas du tout, pour ne pas être obligé de payer un mois dont une grande partie
se passe en spectacles [4]. S'il retire une contribution d'un esclave [5], il en exige un dé-
dommagement pour la perte qu'éprouve la
monnoie de cuivre. Quand son chargé d'affaires lui rend ses comptes ..... [6]. Quand
il donne un repas à sa curie, il demande,
sur le service commun, une portion pour
ses enfants, et note les moitiés de raves qui
sont restées sur la table, afin que les esclaves qui les desservent ne puissent pas les
prendre. S'il voyage avec des personnes de
sa connoissance, il se sert de leurs esclaves, et loue pendant ce temps le sien, sans
mettre en commun le prix qu'il en reçoit.
Bien plus, si l'on arrange un pique-nique

dans sa maison, il soustrait une partie du
bois des lentilles, du vinaigre, du sel, et
de l'huile pour la lampe, qu'on a déposés
chez lui [7]. Si quelqu'un de ses amis se marie ou marie sa fille, il quitte la ville pour
quelque temps, afin de pouvoir se dispen-
ser d'envoyer un présent de noces. Il aime
beaucoup aussi à emprunter aux personnes
de sa connoissance des objets qu'on ne redemande point, ou qu'on ne recevroit même
pas s'ils étoient rendus [8].

---

1 J'ai été obligé de paraphraser cette
définition, qui, dans l'original, répète les
mots dont le nom que Théophraste a donné
à ce caractère est composé, et qui est certainement altérée par les copistes.

Plusieurs traits de ce caractère ont été
placés par l'abréviateur qui nous a transmis les quinze premiers chapitres de cet ouvrage à la suite du chap. 11, où on les trouvera traduits par La Bruyère, et éclaircis par
des notes qu'il seroit inutile de répéter ici.

2 Par droit d'hospitalité *).

3 J'ai traduit ici d'après la leçon du manuscrit du Vatican: mais, d'après les rè-
gles de la critique, il faut préférer celle des
autres manuscrits dans le chap. 11; car ce
sont les mots ou les tournures les plus vul-
gaires qui s'introduisent dans le texte par
l'erreur des copistes.

*) Voyez chap. 9. note 7.

4 Les Anthestéries, qui avoient donné le nom à ce mois, étoient des fêtes consacrées à Bacchus.

5 Auquel il a permis de travailler pour son propre compte, ou qu'il a loué, ainsi qu'il étoit d'usage à Athènes, comme on le voit entre au..es par la suite même de ce chapitre.

6 Cette phrase est défectueuse dans l'original; les citoyens Belin de Ballu et Coray l'ont jointe à la précédente par les mots, „il en fait autant, etc."

7 C'est ainsi que ce passage difficile a été entendu par le citoyen Coray: d'après M. Schneider, il faudroit traduire, „il met en compte le bois, les raves, etc. qu'il a „four-„nis *)."

8 J'ai traduit cette derniere phrase d'après les corrections des deux savants éditeurs Coray et Schneider.

*) Voyez la note 7 du chap. 7.

Fin du Tome quatrième.

Milton Keynes UK
Ingram Content Group UK Ltd.
UKHW020806281124
3212UKWH00042B/972